Narratori F

Milano,
15 nov 2013

A Simonetta,
un pezzo della mia
vita

Nicola Gardini
Fauci

Published by agreement with Marco Vigevani & Associati Agenzia Letteraria

Prima edizione ne "I Narratori" novembre 2013

Stampa Nuovo Istituto Italiano d'Arti Grafiche - BG

ISBN 978-88-07-03069-7

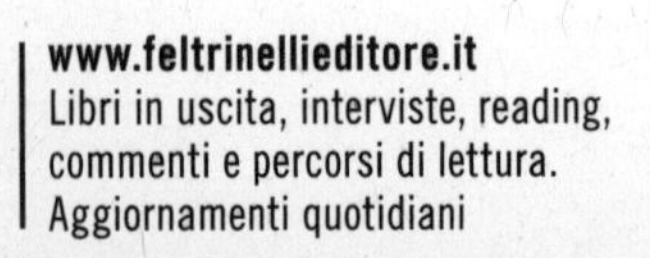

A Paola Nobile

[...] eripite nos ex miseriis, eripite ex faucibus eorum, quorum crudelitas nostro sanguine non potest expleri.

Cicerone, *De oratore*

[...] per colpa [...] delle sue fauci non ancora ogni giorno ubbidienti, o per alcune volate ed acuti presi con troppa violenza dispiacque a tutti.

Pietro Metastasio ad Anna Pignatelli di Belmonte

[...] L'autore ha cercato [...] pingervi
uno squarcio di vita. Egli ha per massima
sol che l'artista è un uom e che per gli uomini
scrivere ei deve. Ed al vero ispiravasi.

Tonio (in costume da Taddeo), *I pagliacci*

Alles war Musik [...].

Franz Kafka, *Forschungen eines Hundes*

NICOLA GARDINI

FAUCI

Romanzo musicale in cinque parti

PERSONAGGI

Titus, cane
  uno spitz finnico
Sergio Gandolfi, narratore
  laureando in Lettere classiche
Marcello Filangieri, amico di Sergio
  diplomando all'Accademia di arte drammatica
Gloria, zia di Marcello
  soprano
Marzio Giuffrida, marito di Gloria
  tenore
Vanna, figlia di Gloria e Marzio
  adolescente
Romilda, madre di Marcello
  gran signora
Carlina, sorella di Sergio
  adolescente
Silvana, madre di Sergio
  salumiera
Il signor Gandolfi, padre di Sergio
  salumiere
Martino, fratello di Marcello
  regista di documentari
Il "borghesone", amante della Romilda
  uomo della finanza
Adriano Filangieri, ex marito della Romilda
  alto dirigente d'industria
Iulia Adamova, amante di Marzio
  soprano

Ines, domestica della Gloria
Antonia, domestica della Romilda
Margareta, cugina della Ines
    massaggiatrice
Il maestro Biagini, maestro di canto della Gloria
Arturo Tosi, nano
    uomo di campagna
Lidia Mariani, cugina della Silvana
    maestra in pensione
Renato Burilli, critico

I

Verso Albenga

Bella vita militar!

Coro, *Così fan tutte*

Era il primo aprile del 1985 e io stavo viaggiando verso Milano insieme a un gruppetto di immusoniti conterranei. Loro, a differenza di me, erano disperati. Proprio non trovavano una ragione, una che fosse, per accettare la sorte che ci strappava alle nostre case. Fumavano con rabbia e prendevano a pugni il finestrino, e bestemmiavano. Due piangevano addirittura. "Non ci passa più," sospiravano in quel gergo che mi sarebbe sempre stato estraneo. "Impazzire... Devi impazzire." E già si battevano la stecca, quasi il servizio militare lo stessero finendo, non iniziando.

Non li avevo mai frequentati o visti prima di allora, ma quando il treno infilò quella colossale gola di vetro e ferro che è la Stazione Centrale, mi sentivo legato a loro da qualcosa di gentile e sincero, che sembrava durare da molto più che non l'intervallo di quel breve tragitto. Li consideravo amici, i miei nuovi amici, diversi com'erano: ragazzi alla buona, per non dire rozzi, che avevano già qualcosa di vecchio nell'anima, se non nel fisico. Benché più giovani di me, lavoravano tutti, chi in fabbrica, chi in qualche azienda agricola, chi come apprendista artigiano, e parlavano il dialetto. Io il dialetto lo capivo, ma non avevo mai imparato a usarlo.

Eppure, appena sceso dal treno, li lasciai andare senza alcun dispiacere, i miei nuovi amici. Un istante ed erano dispersi nell'immensa folla delle "rane", gli innumerevoli militi debuttanti che, come rivelava il misto di pronunce di cui pullulava l'aria mattutina, convenivano là dal resto del paese. No, non provai alcun dispiacere. L'avvicendarsi degli incontri poteva solo accrescere il senso di novità che collegavo alla chiamata alle armi. Partire soldato, infatti, anche se significava consegnarmi mani e piedi a gente che del mio tempo e delle mie aspirazioni si faceva un baffo, mi offriva un'occasione d'oro per uscire dalla noia in cui sprofondavo sempre più ogni giorno. Avevo la testa sui libri dalla mattina alla sera e da troppo tempo mi crogiolavo, benché senza gran pena, nel ricordo di un amore finito. Le mie gioie, se ne avevo, derivavano dal pensiero di un non specificato futuro. Pur di cambiare vita mi ero perfino costretto a partire ancor prima di aver discusso la tesi.

*

Mi tenni ai margini della banchina, aspettando il momento buono per salire sul treno militare. Pochi passi più in là c'era un altro, che sembrava non meno di me timoroso della ressa. Si notava, perché aveva i capelli ancora lunghi e indossava una camicia chiara, perfettamente stirata, e ascoltava musica da un walkman – aggeggio non ancora comune in quegli anni. Attirò la mia attenzione anche perché reggeva un grosso libro e il suo bagaglio non consisteva in uno zaino, come per me e per la stragrande maggioranza dei partenti, ma in una di quelle valigie rigide con le rotelle che allora si vedevano solo nei film.

Salimmo per ultimi, prima lui, poi io. Mandava un gradevole profumo di cosmetici. Finimmo per sederci nello stesso scompartimento, benché non vicini. Frugai nello zaino e tirai fuori un libro a mia volta, a caso: *Gli dèi dei Germani*. Mi sarebbero potute capitare in mano anche le poesie di

Pascoli o di Montale o le *Metamorfosi* di Ovidio; o le mie stesse poesie, dalle quali non ero riuscito a separarmi. Ma la sorte volle che pescassi proprio il volume di Dumézil. Bastò quel mio gesto perché il profumatissimo si liberasse delle cuffie e si presentasse.

"Piacere, Marcello Filangieri..."

E mi diede la mano, sporgendosi con tutto il busto, incurante del disturbo che arrecava agli altri.

Con una familiarità del tutto inspiegabile mi raccontò che di lì a pochi mesi si sarebbe diplomato in regia all'Accademia di arte drammatica di Milano, dopo di che sarebbe partito per Parigi. Voleva lavorare nel mondo dell'opera... Mostrò la copertina del librone: una biografia di Maria Callas, in francese.

Parlava ad alta voce, con entusiasmo, arrotando con cura la erre e strascicando l'ultima parte della frase, insensibile all'impacciato silenzio dei commilitoni, me compreso. Il più imbarazzato forse ero proprio io. Paradossale, pensai! Partivamo per il servizio di leva e questo signorino non aveva alcun commento da fare sulla situazione. Lui sembrava che fosse diretto a qualche meta di piacere, che andasse in vacanza. E quello che diceva sembrava che lo dicesse solo per suscitare l'ammirazione dei casuali ascoltatori. Uno spaccone...

"E tu?" mi domandò, prendendomi alla sprovvista. "Di dove sei?"

"Di Mantova..."

"La città dell'*Orfeo*!..." si esaltò. "E di Giaches de Wert!... *Très bien*... E che combini nella vita?"

"Be', io..." balbettai sotto tanti sguardi sempre più scocciati. "Io ho terminato Lettere classiche. Tra qualche mese mi laureo... Vorrei insegnare..."

"Anch'io ho studiato latino e greco, al Parini, qui a Milano. Preferivo il greco. Forse perché è la lingua del teatro. Il latino con tutti quei congiuntivi... La *consecutio*! Poi magari me la rispieghi... No, il latino non faceva per me. Lingua del *distinguo*, del *sentito dire*; non dell'azione o della parola *che accade... Chiant!* L'ho sempre preso a settembre... Perché leggi *Gli dèi dei Germani*? Ti interessa Wagner?"

"Wagner?!"

Non capivo. Che c'entrava Wagner con il mio Dumézil?

Anche gli altri ragazzi, sebbene dovessero seguire ragionamenti diversi, sgranarono gli occhi.

Lo spaccone andò avanti a sproloquiare per un buon quarto d'ora contro la lingua tedesca. Peccato, sospirava, che *Morte a Venezia* non l'avesse scritto André Gide... No, Wagner proprio non era il suo compositore; infatti, la Callas, dopo certi assaggi giovanili, se ne era sempre tenuta lontana. Però, che meraviglia quella sua rilettura del *Liebestod*: cantato in italiano, non a caso!

Per uscire dall'imbarazzo, non mi restò che inscenare un repentino assopimento.

Il tenente Rubafiamme

Ah cane!

Scarpia, *Tosca*

La vita militare era piena di cose spiacevoli: levatacce, docce gelate, "cubi" (i materassi arrotolati con tutte le lenzuola), cibo pessimo, maleducazione, fetore di piedi, attese infinite, marce forzate, strilli... E cani. La presenza dei cani superava tutte le altre spiacevolezze in terribilità: due maestosi esemplari di pastore tedesco. Padrone il tenente Rubafiamme (proprio così si chiamava!), un trentenne baldanzoso e vigoroso dallo sguardo leggermente strabico. Un atleta dalla faccia d'intellettuale. Un atleta feroce e irrequieto. In quella casermuccia era finito provvisoriamente, in attesa di venir trasferito in non so quale base operativa. E in tale anticamera fremeva e sbuffava. Quest'anima dannata poco o niente aveva a che fare con noi, e con me men che con tutti. Eppure per me, poiché compariva immancabilmente con i suoi cani (che, in realtà, di pericoloso non avevano nient'altro che le dimensioni, anzi, la semplice forma canina), diventò fin dalla prima apparizione un vero e proprio incubo. Per proteggermi da loro cercavo di marciare sempre nel mezzo dello squadrone. E quando non avevo alcuno schermo umano intorno, andavo a ripararmi di corsa in qualche posto chiuso, pregando di non trovarveli. Ma, per fortuna, Rubafiamme tendeva a portare a passeggio i suoi mostri per il cortile, e il più delle volte lungo i margini – per cui, sì, li avevo sempre sotto gli occhi, ma mai davvero in prossimità della mia persona. La semplice vista a distanza, a ogni modo, bastava a darmi i brividi.

*

Dei cani – di qualunque forma e dimensione, e sesso (ma per me, i cani, erano tutti maschi) – avevo sempre avuto una paura incontrollabile, fin da bambino. Non avrei saputo dire perché. Cani non ne avevo mai avuti e per mancanza di esperienza mi ero messo in testa che tutti i cani del mondo mordessero o comunque aggredissero. I miei genitori avevano un bel ridere di me! Ancora parlavano con affetto dei bastardini che avevano accompagnato la loro infanzia, in campagna, o dei vari cani da caccia che entrambi i miei nonni avevano posseduto: "intelligenti più delle persone, anche meglio di una moglie". Erano parte della famiglia, quelle bestie. La mamma aveva pianto di disperazione quando il suo Morello era morto, di un tumore... Lei ricordava anche una certa cagna, che passava tutti i giorni da loro per il pasto. Finché non venne più. Qualche uomo crudele l'aveva catturata, torturata e accecata, e lasciata morire in mezzo a un campo... Mio padre era cresciuto con Riccetto, un cagnolino astuto e divertente, che era arrivato al paese insieme a una carovana di zingari e lì era rimasto, dopo la partenza dei padroni, dimenticato o fuggitivo. Riccetto aveva comportamenti davvero straordinari. Faceva comunella con i cani del vicinato e si prendeva la libertà di portarli a casa a pranzo almeno una volta alla settimana. Ogni tanto, se ne tornava anche con un portafogli o una collana, che depositava come un trofeo ai piedi di mio nonno. C'era voluta tutta l'applicazione dei nuovi padroni perché si liberasse di quella cattiva abitudine. "Vedi?" mi diceva mio padre. "I furti di Riccetto provano che se i cani sono cattivi è perché ripetono la cattiveria delle persone che li tirano su..." Il discorso non faceva una grinza, ma i cani – ammesso anche che i colpevoli fossero gli umani – per me restavano irrimediabilmente pericolosi. Bastava la parola "cane" perché una smisurata bocca lupesca si aprisse su di me. La mia fantasia riusciva a visualizzare con sufficiente precisione anche i punti del mio corpo in cui i terribili denti sarebbero affondati. E dopo morivo, tra spasmi atroci, di rabbia o non so cosa. Pertanto, quando entravo in una casa in cui abitasse un cane, chiedevo – o chiedevano per me il papà e la mamma – che venisse tenuto lontano. Nel corso degli anni, la compiacenza dei padroni rinsaldò i miei timori.

Quelle sere

Oh sospirata mia felicità!

Rosina, *Il barbiere di Siviglia*

In caserma Marcello manteneva lo stesso atteggiamento spavaldo e incongruo con cui mi si era presentato sul treno. La caserma non lo preoccupava; non lo *riguardava*. Per questo, pur odiandola, non se ne lamentava affatto. Comunque, la sua vita era *un'altra*. In mensa o in infermeria mi parlava di Parigi, di teatro, di dive. Inoltre, continuava a portare i capelli lunghi e non marciava, ma se ne stava al sicuro nell'ufficio postale, da bravo paraculato. Beato lui! Eppure a lui non serviva, dato che dei cani non aveva paura. Una mattina lo vidi avvicinarsi a loro e, scambiata qualche battuta con il tenente, accarezzare quelle mascelle spalancate. Direi che la mia diffidenza verso Marcello si trasformò in ammirazione e desiderio di amicizia proprio un attimo dopo una simile prova d'"audacia"...

Aveva affittato una casetta alla periferia di Albenga, poco distante dal mare, e lì passava le ore di libera uscita, che in verità non erano moltissime. Uno spreco, pareva a me, benché uno spreco stupendo; esempio di una *grandeur* che io a casa mia mai avevo conosciuto. Per lui, invece, una necessità ovvia; "il minimo", come diceva. Il *pied-à-terre* (pronunciato correttamente con la *t* e non con la *d*, "*pietatèr*", come aveva appreso fin dall'infanzia da un'*au pair* francese) gli serviva per tenerci le camicie (l'armadietto della camerata, infatti, era impregnato di "ataviche puzze"), lavarsi, telefonare, ascoltare la musica a tutto volume. Ogni mattina andava a pulire e stirare una ragazza – la "ragazzotta", come la chiamava Marcello, anzi, la "ragazzótta", con la "o" stretta, un manierismo che stonava con la sua ben radicata fonetica milanese, ma che aveva la sua ragion d'essere in una più originaria linguistica, lo snobismo. Volendo, la "ragazzótta" la si poteva utilizzare anche per altre necessità, se non fosse che lui la trovava non abbastanza *charmante.* Altra scocciatura: il *pied-à-terre* non aveva pianoforte. Il comandante della caserma gli aveva dato il permesso di esercitarsi su quello del Circolo ufficiali a suo piacimento, a qualunque ora del giorno e della notte. Ma lui di quel permesso non approfittava per paura che il comandante gli chiedesse in cambio di intrattenerlo con i suoi uomini la sera, dopo cena. Ci mancava solo.

*

Del villino mi avvantaggiavo anch'io. Fatta la doccia, schiacciavo un pisolino o leggevo tranquillo sul divano i miei poeti. Marcello intanto si preparava davanti allo specchio del bagno. Sopra il lavandino troneggiavano come feticci i vari flaconi della linea Drakkar noir, dalla crema idratante al dopobarba al deodorante all'eau de toilette. Poi nel giardino bevevamo un bicchiere di spumante o una birra e fumavamo, mentre andava la Maria.

La mia ignoranza dell'opera lo divertiva.

"Dài, neanche Elvira conosci?" esclamava (intendeva quella dei *Puritani*). "Ah, ma allora bisogna proprio partire dall'abc. Non fosse stato per quel ruolo, forse la Callas non sarebbe mai diventata quel che è diventata..."

E via di Elvira... E di Turandot... E di Norma... E di Lucia... E di Tosca... E di Fiorilla... E di Amina... E di tutte le altre icone rossiniane, belliniane, donizettiane e pucciniane... Di Verdi, nulla o quasi.

"Sai perché bisogna conoscere e amare l'opera?" mi spiegava con il bicchiere in mano. "Tanto più oggi che è ridotta a un obbligo puramente sociale o a nutrimento dei melomani... Te lo dico io. L'opera è una scuola di buone maniere. Tutto vi appare scomposto, eccessivo, urlato... Invece, le cose essenziali, la profondità dell'anima, restano al sicuro, inviolate. Sembra che dei personaggi sappiamo tutto. In realtà non sappiamo niente. A noi arriva solo quello che ci dicono di sé. Il canto dà l'impressione che sia tutto quel che c'è da sapere, perché inchioda le parole all'unica realtà percepibile, la musica. Ma loro, chi sono veramente? Che sappiamo noi veramente, alla fine, di Turandot o di Lucia o di Norma? Qualche emozione. Il resto, ossia la verità dell'essere, le cause, è mistero. Bellissimo mistero... Dovremmo imparare dall'opera. Tutti. Invece, non sappiamo né urlare i nostri sentimenti né nascondere i nostri segreti... Siamo indecenti... Il *pubblico dell'opera* è indecente! I borghesi! Stanno a guardare cose che non hanno alcuna importanza, come gli scemi..."

Erano serate limpide e tiepide, profumate di gelsomino, che ci regalavano una vacanza dallo squallore della caserma, ma anche una felicità assoluta, perfetta... E il cuore di quei melodiosi, benigni fantasmi femminili cantava per il nostro.

La libreria di Alassio

Sei troppo effeminato.

Ercole, *Giasone*

Avevamo a disposizione anche un'automobile a noleggio, una Ritmo blu, con cui uscivamo dal paese quasi tutte le sere in cerca di un posto dove cenare, lontano dagli onnipresenti militari. Nel paese non si incontravano che divise. Nessuna donna, né giovane né vecchia. Solo alla pizzeria Miramare serviva una ragazza, neanche brutta, la quale, poverina, era fatta oggetto dei più rozzi apprezzamenti dalla clientela.

La domenica andavamo ad Alassio.

Trovammo una libreria. Un'ottima libreria. Il reparto della poesia era tra i più forniti che avessi mai visto. Oltre ai volumi delle grandi case editrici, erano esposti anche i libri di editori piccoli e minimi, mai sentiti.

Il padrone, notate le mie predilezioni, mi mostrò due o tre volumetti. Gonfiò il petto e dichiarò:

"Li ho pubblicati io. Poeti *molto* importanti".

Non li conoscevo.

"Anch'io scrivo versi," mi sfuggì.

Marcello, che era occupato a guardare altrove, mi si avvicinò e mi rivolse uno sguardo interrogativo. Infatti, a lui non l'avevo ancora detto. Non avevo ritenuto che valesse la pena parlargliene, visto che la sua vita, i suoi pensieri, le sue ambizioni erano tanto più interessanti dei miei. Ero certo che i miei malinconici versi avrebbero potuto provocare solo un po' di compassione, se non lo scherno. Subito mi pentii di quella confessione pubblica. Marcello dissimulò in fretta il suo stupore e, prima che l'altro potesse rispondermi o io potessi cambiare argomento, affermò:

"Sergio scrive poesie stupende, mi creda... Stupende! Dovrebbe assolutamente pubblicargliele!".

Il libraio arricciò il naso.

"Mandamele, se vuoi," concesse. "Ma non aspettarti chissà quali complimenti. Io sono un giudice *molto* severo..."

Quell'uomo non riusciva a dire "molto" senza calcarci sopra.

Una saletta laterale ospitava un ricco scaffale di pubblicazioni sull'opera e sulla storia del teatro. L'unica parete libera era interamente tappezzata di fotografie di dive. Come io stesso constatai con una rapida occhiata, mancava solo lei, la Callas. Assicuratosi con uno scrupoloso esame che fosse proprio così, Marcello pretese una spiegazione. Il libraio rispose con un gestaccio della mano, come se la domanda gli fosse stata rivolta già troppe volte. Sbuffò che la Callas aveva una voce orrenda. Ancora ancora prima della dieta. Ma dopo! No, tutto quello che aveva fatto dopo era inascoltabile. Era diventata così scura, così stridula... Stridore per stridore, preferiva la Scotto; centomila volte meglio la sua *Butterfly*. Le voci belle erano altre. La Tebaldi, naturalmente (e la indicò)... Ma anche Victoria de los Angeles, Mirella Freni (indicò anche quelle)... La Sutherland! E volevamo mettere la Lucia di Beverly Sills e la Carmen di Leontyne Price con quelle della Callas? Povera Maria, che ocona starnazzante al confronto! E nell'*Anna Bolena* quanto le era *evidentemente* superiore Giulietta Simionato!

Marcello per poco non gli mise le mani addosso. Urlò che l'opera era teatro, mica solo voce! Chi non capiva niente di opera si accaniva contro la voce della Callas, che comunque era perfetta per il suo temperamento, una che d'istinto invocava gli dèi toccando il suolo con le palme allargate e che usciva di scena dove più le conveniva, seguendo l'ispirazione, mica un rigido copione! Una che dal teatro era posseduta!... Per la rabbia le parole gli morivano sul labbro. Avrebbe voluto in un'unica frase illuminante, con un esempio schiacciante, insegnare una volta per tutte a quell'idiota chi era la Callas. Ma balbettava elogi confusi, commenti slegati su certi dettagli di "Casta diva" e sulla sua conoscenza dei sentimenti, con cui riusciva solo a strappare qualche sorrisino paternalistico. Se la prese con le altre. La Sills? Proprio niente di che. Ottima la tecnica, ma il suono mediocre, mediocrissimo! Roba per americani, da circo!... La Sutherland? Sì, un talento eccezionale, ma l'anima?, e per di più mostruosa, una maschera di terracotta, una caricatura pompeiana! (Ora l'indice lo puntava lui verso la diva in questione che, in effetti, era ritratta in una posa di tre quarti assai poco lusinghiera.) E la Tebaldi! Volevamo parlare dell'attacco degli acuti? Va bene, va bene, una forza della natura... Ma chi se ne frega della natura!

E l'altro, abbassando le palpebre e alzando i sopraccigli: "La natura è tutto".

"L'*arte* è tutto!" tuonò Marcello.

"Be', se intendiamo parlare di voci fabbricate, ti do ragione... Senza l'arte la tua cara Maria non sarebbe stata nessuno..."

"Ma è proprio questo! La costruzione di una voce!"

Il libraio-editore scuoteva la testa. Lui l'artificio non l'accettava. O ci nasci o niente.

"Pensa al fraseggio della 'Mamma morta'," ricominciò Marcello. "Grazie alla tecnica la Callas ha compiuto qualcosa di assolutamente prodigioso, un'analisi del fraseggio rivoluzionaria, che i soprani veristi si sognavano..."

"Ma tu hai mai sentito 'La mamma morta' della Renata?" sorrise il libraio. "Evidentemente no. Be', va' a sentirla, e poi mi dirai... La proiezione del suono verso le cavità facciali nella Renata è così spontanea! Non c'è sforzo, non c'è disegno, non c'è... meccanicità... E il timbro lo denuncia! La Callas, con l'esercizio, sarà anche arrivata in alto, dove la sua esilità naturale non sarebbe mai arrivata, ma in lei resta sempre una gutturalità fastidiosa, una *pretesa*... E, comunque, anche quanto a fraseggio, la Renata non è seconda a nessuna! Anche lei è un'innovatrice! Prendi 'Così fui sola' o 'E intorno il nulla, fame e miseria': la voce fraseggia sul do diesis sotto il rigo!"

Stanco di quel battibeccare inconcludente, Marcello si tirò fuori con un "*va te faire foutre!*" e mi trascinò via.

"Povera checca," disse in strada. "Chi si crede di essere?"

"Mi hai distrutto l'editore..." risi.

"Tranquillo... Che ti frega di pubblicare con quel pezzente! Le tue poesie te le mando io *où il faut*..."

La stessa sera, in caserma, gli consegnai il manoscritto.

Clementina

Basta, basta o compagni [...].

Orfeo, *Orfeo ed Euridice*

Volle portare anche me nell'ufficio postale. Così anche per me finì l'obbligo penoso dell'alzabandiera e delle esercitazioni e delle marce, quell'insensato battere di piedi, al comando di un isterico caporale, e quelle giravolte continue, innecessarie, manco fossi stato un pupazzo. Ma, soprattutto, finì la paura. Nell'ufficio postale non avrei più corso il rischio di cadere, dopo l'ennesimo dietrofront, nelle fauci degli immensi cani lupo.

Quanto si rideva! Io ridevo di sollievo; Marcello per eccesso di autocompiacimento. Ma si rideva anche per il più leopardiano dei sentimenti, la noia, la quale, oltre molte altre virtù, ha quella di acuire il senso del comico meglio del buonumore. Infatti, *non avevamo assolutamente nulla da fare.* O meglio: non *c'era* assolutamente nulla da fare.

Qualche occupazione, però, occorreva trovarla, o perché stavamo lì? Perché, sennò, la patria ci aveva tolti alle nostre vite, alle nostre attività, alle nostre vocazioni?

Per pietoso suggerimento del maresciallo, il quale, brav'uomo, capiva bene la situazione e poco mancava che la mattina, vedendoci arrivare, ci chiedesse scusa per il tempo che sprecavamo, cominciammo a riordinare un armadio di vecchi incartamenti, plichi e plichi di fogliacci consunti che senza danno si sarebbero potuti gettare nel fuoco. Quando saltava fuori qualcosa di anomalo – uno scambio di posizione nell'ordine alfabetico o un errore di ortografia –, ci soffermavamo a considerare la cosa per minuti, quasi ci capitasse di assistere a un fenomeno sovrannaturale o per dono della provvidenza ci fossimo appena imbattuti in una grave stortura (la "piccola stortura" di Montale), sfuggita a tutti, che prima o poi avrebbe mandato all'aria l'intero sistema. Atteggiandoci a giudici zelanti, ponzavamo: "Caso *davvero* interessante...". E subito dopo, al solito, giù a ridere a crepapelle, con lacrime e singhiozzi.

Oppure, se non si offriva alle nostre ricerche nessun "caso interessante" e la noia risultava tanto più opprimente, uno dei due minacciava con teatrale risolutezza di rimettersi a marciare. Fingeva di precipitarsi in cortile, come chi, preso da un raptus suicida, volesse lanciarsi dalla finestra o in un mare infestato dagli squali (per me, in fondo, non c'era molta differenza tra quelli e i cani lupo del tenente Rubafiamme), e l'altro, trattenendolo, lo scongiurava: "No!". Ma il folle insisteva: "Marciare, devo marciare!". Affinché il maresciallo, il caporal maggiore e gli altri della contigua fureria non sentissero, cercavamo di nascondere il più possibile la pantomima. Ma le nostre risate, benché soffocate, erano udibilissime.

"Culattoni," commentava il sergente.

*

Siccome Marcello era il *protégé* di chissà quale santo (si sapeva che suo padre occupava una posizione di potere alla Fiat), non fummo mai puniti. Solo i nostri compagni ci castigavano con un gavettone ogni tanto oppure "sbrandandoci". Ma niente di cattivo o di doloroso, nessun dispetto davvero antipatico. Al Car, in fondo, non c'era violenza. Infatti, il nonnismo, che della violenza costituiva la fonte prima, allignava nelle caserme operative, non qui, dove tutti quanti erano "rane". I guai sarebbero cominciati in Friuli, quell'orrida terra di confine, cui ero stato destinato per mancanza di raccomandazioni. Nelle caserme friulane si raccontava che avvenissero atrocità di ogni tipo, fisiche e psicologiche. L'implacabilità delle angherie spingeva molti a togliersi la vita.

Solamente una volta ad Albenga mi capitò di assistere a un'aggressione odiosa. Una sera, proprio nella mia camerata, si formò un cerchio di persone, che invocavano all'unisono: "CLE-MEN-TI-NA! CLE-MEN-TI-NA!".

Battevano le mani e il piede destro a terra, ritmicamente. Dall'alto di una branda riuscii a scorgere, al centro del cerchio, un ragazzo, magrissimo, nudo come un verme, che cercava di coprirsi il petto e i genitali con le mani, e teneva lo sguardo abbassato, in un atteggiamento di imbarazzante, patetica sottomissione.

Gridai a due che avevano l'aria meno feroce di lasciare in pace quel poveretto.

"Ma se è finocchio!" risposero.

Non so che cosa sia stato di "Clementina". Dopo quella volta non si vide più in giro. O si era imboscato o, come qualcuno sospettava, era stato congedato per dichiarata omosessualità.

Esercitazioni di tiro

Questa è la verità.

Uberto, *La serva padrona*

Il poligono distava parecchi chilometri. Meno male, una giornata un po' diversa, fuori da quella prigione.

Dalla camionetta, che avanzava su strade sterrate tutte buche, si godeva un bel paesaggio aspro, dai colori netti, caldi, in cui io mi abbandonavo all'illusione di riconoscere un analogo della Liguria degli *Ossi di seppia*. Ispirato dalle suggestioni metafisiche che coglievo intorno a me, scarabocchiavo perfino qualche verso quando le scosse non mi impedivano di tenere puntata la biro sul foglio. Questi mi sono rimasti nella memoria:

> Sulla falesia romita
> tra l'acqua che sale
> tace ogni parvenza del canto universale.
> La via scesa a meridie stanca,
> si disegna la faccia del mondo
> bianca ecc. ecc.

Marcello, intanto, ascoltava la sua Callas con le cuffie e canticchiava a bassa voce, senza badare agli sguardi divertiti degli altri militari.

Entrammo nel bosco e poco dopo scendemmo.

Su un prato si eressero le tende del furiere e dei caporalmaggiori.

I caporali si affrettarono ad abbaiare ordini. Dalla giovinezza degli occhi si capiva benissimo che non erano abituati a esibire tanta aggressività – che, fra l'altro, serviva solo a rendere qualunque operazione meno efficiente. Per qualche elementare motivo, però, qui si imponevano di comportarsi da pazzi scatenati. Neanche si rendevano conto di quanto apparissero grotteschi e patetici. Ma si sa che, se le persone potessero vedersi dall'esterno, la stupidità, l'invidia e molte altre brutte cose sparirebbero dalla faccia della terra...

Ero in fila e stavo aspettando il mio turno. Marcello si trovava proprio dietro di me e faceva un sacco di smorfie, canticchiando a bocca chiusa:

> Sola mi fo il pranzo da me stessa.
> Non vado sempre a messa...

Un caporale gli ordinò di togliersi le cuffie dalle orecchie. Marcello si rifiutò. Quello allora gliele strappò di forza. Senza perdere la calma Marcello gli disse:

"Ridammele subito o entro domani sera ti ritrovi in Friuli".

Non ebbi modo di assistere alla restituzione delle cuffie (che sicuramente avvenne), perché una manaccia mi spintonò più in là, abbattendomi al suolo. Seguì un latrato.

Disteso sulla pancia, senza stare troppo a pensarci, caricai il mio Garand alla bell'e meglio – nessuno, infatti, mi aveva insegnato a manovrare un fucile – e cominciai a sparare alla sagoma che mi era stata assegnata, laggiù in fondo. Una, due, tre, quattro... dieci volte. E ogni volta un rinculo. E ogni volta un male lancinante alla spalla destra. Però, non mi fermavo. I latrati e le parolacce sarebbero aumentati e io, nonostante il dolore e la rabbia, desideravo solo che la voce bestiale cessasse al più presto.

I proiettili finirono e io andai a chiedere al furiere quanti bersagli avessi preso.

"Nessuno," mi comunicò, estraendo il pacchetto delle sigarette dalla giberna. "Se vuoi, firma qua e salti il prossimo giro."

Firmo e mi ritiro a controllarmi la spalla, che mi brucia come se ci fosse caduta sopra una padellata d'olio bollente. È tutta un livido, giallo e viola. Uno schifo. Giro la testa di qua e di là. Dov'è finito Marcello?

Allungo lo sguardo verso la linea di tiro. Niente.

Mi addentro nella boscaglia. Ed eccolo là, ai piedi del breve declivio. Di fronte a lui, quasi appiccicato, sta... il tenente Rubafiamme, per una volta non accompagnato dai suoi cagnacci. Hanno i pantaloni calati fino a metà coscia, si annusano come cani loro stessi.

Poi Marcello si inginocchia nel fango, un devoto davanti alla statua del suo santo...

La confessione

Il mondo è un gran teatro.

Alidoro, *La Cenerentola*

Mangiavamo insieme; prendevamo insieme il sole in cortile, cantando "il primo sole è mio", a squarciagola, con le facce alzate al cielo, lucide di crema solare, mentre i vari plotoni marciavano avanti e indietro sotto gli occhi dei cani; e la sera uscivamo insieme, noi due soli. Parlavamo di libri, di viaggi, dei nostri studi. E di canto. Lì, veramente, io avevo solo da star a sentire. Quanto imparavo! Superato l'imbarazzo iniziale, Marcello si dedicava alla mia istruzione con metodo. Perché non mancassi dei fondamentali supporti tecnici, mi regalò perfino un Aiwa e una decina di opere su nastro, tutta roba callasiana. Con gli esempi più azzeccati mi illustrò la bellezza del rubato, la potenza del legato, il valore drammatico delle consonanti, il senso psicologico di certe microvariazioni. Imparai ad apprezzare la logica degli acuti, l'architettura musicale, la funzione delle parole illuminate dal canto, i segreti della respirazione, i passaggi di registro, l'immascheramento...

L'incisione preferita di Marcello era la *Lucia di Lammermoor* del 1955, diretta da Karajan.

"Senti, senti," mi esortava. "L'emissione è leggera, a fior di labbro. E il fraseggio? Di un'ampiezza prodigiosa. E che cura del dettaglio! Non trascura niente, questa voce... Niente! Se penso a quel cretino di Alassio! *Espèce de pédé!*"

Simili chiacchiere ci consentivano di evitare argomenti troppo personali, in specie quello amoroso. Io, come ho già ricordato, non avevo più la ragazza. Meglio sorvolare. Lui... Be', lui che poteva raccontare? Né io mi autorizzavo a domandare. Sapevo abbastanza, no? In verità, Marcello qualcosa raccontava. Mi dava a intendere che avesse avuto rapporti intimi con diverse donne, tutte *ravissantes* (i tempi e i luoghi li lasciava accuratamente imprecisati). L'*engagement* gli ripugnava. Il suo tipo ideale, insisteva, era Grace Kelly. O la Maria dopo la dieta. Ecco, con donne così sarebbe anche stato disposto a impegnarsi. Ma dove se ne trovavano più di donne così? Se pensava alle sue compagne di Accademia! Delle poverette... E le figlie degli amici dei suoi? Delle borghesucce anemiche, tirate su dalle Orsoline, da piangere...

Una sera, mentre finivamo di cenare, disse che aveva una cosa da confessarmi.

Ci siamo, pensai.

"Marzio Giuffrida è mio zio. Scusa se te l'ho tenuto nascosto tutti questi giorni. Marzio è una delle persone più importanti della mia vita. Qui mi tocca diventare banale: gli voglio un bene dell'anima, neanche ti immagini quanto. Figurati che voglio molto più bene a lui che alla moglie, la Gloria, anche se è sorella di mia madre. Per la Glò, a esser precisi, più che affetto provo pietà. È una disgraziata. Pensa che anche lei aveva cominciato come cantante. Qualche cosetta l'ha pure fatta, compresa una *Lucia*... Non era malaccio, da quel che si racconta: un bellissimo timbro, una notevole predisposizione... Sul piano tecnico, però, una mezza frana. Non studiava... Il merito maggiore della Glò è stato capire che il genio in famiglia era un altro. Questa è stata la sua interpretazione migliore, togliersi dai piedi e lasciare il campo interamente a lui... Tu che cosa mi dici di Marzio Giuffrida?"

"Non saprei..." balbettai.

"Come, *non saprei*?"

Quel tono accusatorio mi terrorizzava. Stavolta la mia ignoranza sembrava davvero imperdonabile.

"No, non so proprio, Marcello," mormorai a testa bassa. "Tuo zio io non l'ho mai sentito nominare..."

Pensò che scherzassi. Infatti, scoppiò a ridere. Ma, vedendo crescere il mio imbarazzo, anzi, la mia vergogna, si convinse che parlavo sul serio.

"Non conosci Marzio Giuffrida, il più grande tenore del secondo Novecento?! Quella voce da cherubino e da demonio che ha strappato un complimento alla regina d'Inghilterra?! Ma dove caspita vivi, Sergio? Questo è il colmo! *Ça c'est le bouquet!* Marzio Giuffrida è famosissimo, è già entrato nella storia dell'opera! Ricordi che nella libreria di quel loggionista, ad Alassio, si sentiva una certa opera? Lo ricordi o no?"

Non lo ricordavo, ma dissi di sì.

"Era la sua *Forza del destino*! Domani corriamo a comprarla..." Sospirò e con santa pazienza, costringendosi a superare anche quella delusione, ricominciò: "Ti dico io chi è Marzio Giuffrida!... Secondo Stendhal, due cose fanno il grande artista: '*une âme passionnée*' e '*un talent qui s'efforce de plaire à cette âme*'. Ecco una definizione perfetta di Marzio Giuffrida, mio zio".

Dopo una simile "confidenza" la mia ammirazione per Marcello crebbe di un'altra spanna. Chissà con quali e quante altre celebrità era imparentato! Chissà che vita interessante si conduceva in casa sua! La curiosità accendeva la mia fantasia, ma domande non osavo farne. Preferivo aggrapparmi alle piccole informazioni che lui disseminava a caso nei suoi racconti – riferimenti a consuetudini diverse, a servi, a case di campagna, a camiciai mai sentiti, personaggi celebri dell'arte e della politica – e su quelle costruire un quadro, collegandole all'immagine che avevo davanti, un giovane diverso da tutti quelli che conoscevo, uno che, a solo poco più di vent'anni, era già un invidiabile uomo di mondo. Non un provinciale come me.

Il giuramento

Suonin le trombe e lieto
eccheggi in ogni parte
il suon gradito al popolo di Marte.

Tullo, *Gli Orazi e i Curiazi*

Pensavo con angoscia al giorno della nostra separazione. Io sarei partito per il maledetto Friuli; Marcello sarebbe tornato a Milano, la sua città, dove non avrebbe avuto neanche l'obbligo di passare la notte in caserma e ogni settimana avrebbe ottenuto un quarantotto, cioè il weekend libero, dal venerdì sera al lunedì mattina. Non ci saremmo più visti. Neppure al termine del servizio militare. Ma sì, la nostra amicizia era frutto delle estreme circostanze, nient'altro. Non era fatta per durare... Altrove non sarebbe mai potuta neanche nascere.

E arrivò il giorno del giuramento.

Restammo chiusi in camerata. Fuori, nel piazzale, al sole, tutti gli altri si sgolavano e si spaccavano i piedi sul cemento sotto gli sguardi commossi dei parenti, accorsi da ogni angolo d'Italia. Il comandante della caserma sproloquiava dal podio sui grandi valori – Dio, patria, famiglia. Noi due, invece, nella penombra, parlavamo di Proust, che io stavo cominciando a leggere. Marcello, naturalmente, lo aveva già letto più volte, da cima a fondo.

Non ci sentivamo in colpa per aver scelto di rinunciare al giuramento. Però, in fondo, disse Marcello, che ci costava buttarci, almeno quel giorno, nella mischia e fingere di essere come il resto del mondo? Sì, *fingere*... In fondo, era facile, era comodo, anche divertente... Unire le nostre voci a quelle di tanti sconosciuti come in un coro verdiano, confonderci con la maggioranza, acquistare forza dalla massa, anziché ostinarci in quell'isolamento... Non era questa la lezione – bella lezione! – di Verdi? Alla lunga, forse, a esser testardamente rossiniani o anche donizettiani, a nasconderci, ci saremmo logorati. Chi si isola, alla fine, si nega, no? O si diventa pazzi... E, con una scrollata di spalle, intonò:

Va', pensiero, sull'ali dorate;
va', ti posa sui clivi, sui colli,
ove olezzano tepide e molli
l'aure dolci del suolo natal!
Del Giordano le rive saluta,
di Sionne le torri atterrate...
O, mia patria, sì bella e perduta!
O, membranza, sì cara e fatal!

Due giorni dopo, alla vigilia del distacco, in pizzeria mi allunga un foglio.

"Ti propongo un caso *davvero* interessante."

Spiego il pezzo di carta sul tavolo, senza nessuna voglia di ridere, e leggo... Devo leggere una seconda e una terza volta, perché non ci credo... Niente più Friuli! All'improvviso sono richiesto alla Caserma militare di presidio di Milano.

"Ringrazia il mio paparino," mi fa Marcello.

E con la punta dell'indice, intonando nel naso la romanza di Nemorino, mi asciuga delicatamente le lacrime che cominciano a colare.

II

La villa

In questo augusto
soggiorno arcano [...].

Coro, *Semiramide*

Vista da fuori, attraverso l'intrico dei rami, la villa poteva sembrare abbandonata. I muri esterni conservavano solo qualche traccia del giallo di un tempo, pezze sparse qua e là nel grigio che ormai prevaleva, steso sull'elegante mole tardo-ottocentesca come un sudario; e le imposte di legno pendevano storte dai gangheri, stinte dai soli e dalle piogge di quasi un secolo. Una volta era stata un'unica abitazione, quando la madre di Marcello era bambina e ci viveva con la sorella, i genitori e uno stuolo di servi. Adesso, pur continuando ad appartenere per intero alle legittime eredi, era divisa in due sezioni. Marcello e la madre occupavano il primo piano e una parte del secondo (il padre si era trasferito a Torino da diversi anni e il fratello maggiore, Martino, a Londra). Il resto, cioè il pianterreno e uno spicchio ragguardevole del secondo, era affittato a uno studio legale.

La casa la mandava avanti l'Antonia, una vecchia signora sarda, fin da quando la Romilda – come si chiamava la madre di Marcello – e la Gloria erano bambine. Quella donna aveva tirato su anche Marcello e Martino. E non li aveva certo trattati da principini, come, invece, mia madre aveva sempre trattato me. Marcello ancora si rifaceva il letto ogni mattina, prima di uscire, e metteva i piatti nella lavastoviglie, finita la cena. Benché anziana, l'Antonia conservava vigore e carattere; e una voce potente. Supervisionava tutto: la spesa, la cucina, le pulizie, il guardaroba, la lavanderia. Non era propriamente una serva. La scopa, lo spazzolone e il ferro da stiro li prendevano in mano altre due donne, molto più giovani, la Gianna e la Marisa, che vivevano fuori, perché erano sposate, e dipendevano direttamente da lei, non dalla signora. L'Antonia, in compenso, cucinava e rammendava.

Mi prese in simpatia, l'Antonia, perché sempre, prima di rientrare in caserma, la ringraziavo della cena e le gridavo "buonanotte" dal fondo del lungo corridoio (la sua zona occupava un angolo remoto dell'abitazione, dove, per un tacito divieto, nessuno, a parte i padroni di casa, osava inoltrarsi). A volte rispondeva, a volte no, secondo la luna. E quando rispondeva, pronunciava un "ciau" secco, come per dispetto, per di più attutito dalla distanza, la massima espressione di affabilità che la sua natura burbera le permettesse di concedere.

*

Andavo alla villa tutti i giorni, appena uscito dalla caserma, a volte con Marcello, ma molto più di frequente da solo, poiché lui aveva il privilegio di staccare almeno tre ore prima di me, alle due e mezza del pomeriggio, con la scusa dello studio. Fra l'altro, era stato messo in biblioteca, il posto dei grandissimi paraculati, dove passava tutto il tempo a leggere e ad ascoltare musica con le cuffie; o a esercitarsi al pianoforte, nel teatro annesso. Io, da stupido, mi ero giocato il diritto di ottenere simili benefici perché, per paura di venire impiegato in mansioni avvilenti, come la pulizia dei bagni o, peggio ancora, della cucina (quanto più rivoltante perfino dell'odore di urina e di feci può essere il tanfo del cibo avanzato e dei piatti sporchi!), avevo dichiarato di aver già concluso la scrittura della tesi.

Percorrevo un pezzo di corso Italia, altre vie senza nome, perché senza nome era l'intervallo da superare, e infine arrivavo davanti alla magnifica cancellata. Puntualmente in anticipo. A nulla mi serviva rallentare il passo, dedicare attenzione agli oggetti o alle persone che incontravo per strada, allungare di qualche centinaio di metri il tragitto. Niente da fare. Arrivavo sempre parecchi minuti prima dell'ora che io e Marcello avevamo concordato.

Raggiunta la meta, mi mettevo ad aspettare, guardavo il giardino attraverso gli intrichi vegetali delle inferriate, spiavo tra i fogliami veri, grattavo la ruggine...

La primavera avanzava. Le gigantesche magnolie fiorivano e mandavano un profumo soave, che mi riportava il ricordo delle serate di Albenga.

Un pomeriggio, mentre ero concentrato su una bianca corolla, fui sorpreso dalla madre di Marcello. Non l'avevo vista scendere i gradini e percorrere il vialetto. Anche se non mi aveva mai incontrato prima, mi riconobbe a colpo sicuro. Io, invece, di lei un'idea l'avevo, perché la sua faccia in casa appariva in numerose fotografie e anche in due ritratti a olio appesi nell'atrio.

"Sergio, che fai lì?" mi apostrofò. "Marcello è già di sopra."

Senza badare al mio imbarazzo – infatti, ero molto imbarazzato, manco fossi stato colto lì a rubare –, mi prese la mano e ci depositò sopra qualcosa di appuntito.

"Tienile pure," disse. "Così non dovrai aspettare più fuori come un poveretto. Avanti! Prendile... Questa per il portone di sotto e questa per l'appartamento."

Dopo di che salì sulla Volvo, parcheggiata lungo il marciapiede, e sparì dietro la curva.

La morosa

I miei secreti amori
son palesi a costei?

Giasone, *Giasone*

La Romi passava le sue serate dal "borghesone", come Marcello chiamava il suo amante, uno pieno di soldi che non aveva mai voluto trasferirsi da loro, nonostante nulla lo impedisse. Il "borghesone", infatti, non aveva né figli né moglie.

Cenavamo in cucina, con il poco che l'Antonia aveva messo da parte. Dopo il caffè ci trasferivamo in camera. Allungati sul piccolo letto, fumavamo e parlavamo del futuro, mentre Lucia cantava la sua infelicità. Davamo ormai per scontato che, finito il servizio militare, sarei andato anch'io a Parigi con lui. Marcello immaginava che avrei trovato lavoro presso qualche casa editrice. Ce n'erano tante! Sua madre mi avrebbe dato una mano, "lei conosceva tutti...".

Io, che fino ad allora avevo creduto che prima o poi sarei diventato professore di latino e greco in un liceo della Lombardia, all'improvviso mi vedevo a Saint Germain o nel Quartiere latino o nei pressi della Tour Eiffel, che conoscevo solo in fotografia, a fare cosa non sapevo ancora bene. Dovevo riprendere in mano il francese, leggere solo autori francesi, parlare francese. Un po' lo si parlava tra noi, Marcello benissimo, io così così. L'inglese e il tedesco mi avevano sempre interessato di più.

Quanto avrei voluto passare lì con lui tutta la notte! Purtroppo, io non godevo del "pernotto", cioè della possibilità di dormire fuori dalla caserma, privilegio di pochissimi. E nonostante i suoi maneggi, quel privilegio non mi veniva accordato. Un quarto d'ora prima delle undici, la mano del mio amico mi scuoteva dal piacevole torpore che mi aveva preso e in falsetto citava Don Alvaro: "Su via, t'affretta!". E via che scattavo giù dal letto... Guai tardare! Anche un solo minuto di ritardo si pagava con un giorno di punizione.

Da Marcello, però, rimanevo a dormire il sabato. Avrei potuto usare la stanza del fratello o una delle numerose altre. Ma lui voleva avermi vicino, a portata di mano. Perciò mi preparava un giaciglio per terra nella sua stessa stanza, con un vecchio materasso, che stava arrotolato in un angolo del guardaroba. Si affacciava dal letto, sul quale incombevano i ritratti delle sue donne ideali, Grace Kelly e Maria Callas, e lasciava spenzolare il braccio. Ogni tanto, con la punta delle dita mi accarezzava i capelli distrattamente, come se accarezzasse, più che me, un'idea.

La domenica mattina, se non ero di corvée, tornavo a Mantova.

Ci tornavo malvolentieri.

Si stava a tavola quasi tutto il tempo della mia visita, e si ripetevano le solite chiacchiere – le malattie dei vicini, la stupidità dei parenti, il negozio. Appena finito il caffè, correvo alla stazione. Ai miei, che si stupivano che non passassi mai a casa anche il sabato, raccontavo che il colonnello della fureria (l'ufficio dove avevo avuto la fortuna di finire in virtù della mia istruzione superiore) negava ai suoi uomini il trentasei. Mio padre mi incoraggiava a protestare con il comandante della compagnia. Era assurdo che mi si desse così poca libertà... Mica eravamo in guerra! E io, per calmarlo, gli ricordavo che era già tanto se non mi avevano mandato a Cividale del Friuli.

Dell'intervento salvifico di Marcello non avevo parlato. Neanche di lui. Sì, ogni tanto mi capitava di nominarlo, niente di più. Marcello non era tipo da piacere ai miei. L'avrebbero considerato un arrogante figlio di papà, una frequentazione sbagliata.

Solo mia sorella, la Carlina, non si beveva le mie storie e i miei silenzi. Anche se aveva appena tredici anni.

"Sergio s'è trovato la morosa; il sabato sera va a dormire da lei!" mi canzonava.

E mio padre, illuminandosi, la zittiva con finta severità:

"*Te tass, pütleta!* Che ne sai tu di certe cose?".

Poi dava di gomito a mia madre, come a dire: "Quanto siamo fessi! Sergio si è innamorato...".

La mia laurea

Addio, mio padre.

Gilda, *Rigoletto*

La mattina del 10 luglio mi laureai. Parma soffocava dentro una bolla di gommosa calura. A parte noi, per le strade non passava un'anima. Il papà, che aveva superato di un bel po' i cento chili, boccheggiava e arrancava come un tartarugone nella sabbia. Usciti dall'università, per evitare che gli venisse un infarto, cercammo rifugio nel bar più vicino, sotto i portici. Nessuno, per il caldo, riuscì a finire il suo calice di spumante. Brindammo una seconda volta, più felicemente, con un bicchiere di Coca-Cola ghiacciata.

Appunto in quell'occasione i miei conobbero Marcello. Purtroppo non ero riuscito a convincerlo a restarsene a Milano.

Contro ogni mia previsione si presentò con un contegno addirittura modesto. O meglio, esagerava pur sempre alla sua maniera, ma nella forma del complimento, non dell'esibizione di sé. Tutto il meglio lo riconosceva a noi: mia madre stava *divinamente* con quel tailleur, mio padre portava una cravatta *comme il faut*, anche le scarpe erano *perfette*, la Carlina aveva un viso *botticelliano* (fino al pittore della Venere, per fortuna, i miei arrivavano), una *vera meraviglia*, non era fiera di suo fratello?, io avevo fatto un *figurone*, li avevo *ipnotizzati* i commissari, ma, si sapeva, io ero un *genietto*, immaginarsi, una tesi sui grecismi sintattici nella prosa di Ammiano Marcellino, chissà quanti successi avrei collezionato nella vita, la laurea *cum laude* non rappresentava che l'inizio, *ce n'est qu'un début*, no?, signora Gandolfi, chissà che soddisfazione doveva essere per lei e per suo marito...

Mia madre esprimeva fierezza in ogni piega del viso. Sì, ero un bravo figlio, fin da bambino; libri chiedevo, non giocattoli! E pensare che lei era convinta che un giorno avrei preso in mano il negozio. Che stupida! Che cosa c'entravo io con i salumi? Non avrebbe mai dimenticato quella mattina. Che emozione rientrare nell'aula, dopo che avevano deciso il voto, e trovarli tutti in piedi, sapendo quel che significava! E poi le strette di mano alla fine; e il professore che abbracciava Sergio... Peccato non si fosse voluto unire per il brindisi. Però li aveva salutati, gentile, uno che non si dava per niente arie. Poveretto, doveva essere sfinito pure lui per il caldo...

Anche mio padre era contento, così contento che le carezze di Marcello, che in una situazione meno eccezionale lo avrebbero irritato, manco le notava. Si innervosì solo una volta, quando, al momento di pagare, scoprì di esser stato preceduto da lui. Questo, sì, gli diede fastidio. Però, la grande calura e l'atmosfera festosa gli impedirono di esprimere la sua contrarietà con più che qualche bonaria parola di rimprovero. Marcello si rese conto di aver commesso un errore e per rimediare concluse:

"Che sarà mai una Coca-Cola, signor Gandolfi? Brinderemo al ristorante. E lì, le prometto che il conto lo lascio a lei".

La mamma rise; il papà gli diede una pacca sulle spalle. La Carlina, invece, non abboccava. In strada, mi prese sottobraccio e mi trascinò avanti, per potermi parlare in privato.

"Il tuo amico è insopportabile. Non ti sembra un po' stronzo?"

Non le permisi di aggiungere altro.

Al ristorante rimase zitta e irritata. Quasi non toccò cibo.

Anche Marcello mangiò poco e stette in silenzio. Ogni tanto mi rivolgeva uno sguardo implorante; e sudava non solo per l'alta temperatura. La gentilezza e la galanteria lo avevano abbandonato. Mia madre gli rivolgeva la parola e lui non ascoltava.

Suonate le tre, cominciò a mostrare inequivocabili segni di insofferenza, che chiunque avrebbe scambiato per poco gentili manifestazioni di noia. La recita, pensai, l'aveva stancato.

"Dovremmo andare," mi sussurrò all'orecchio.

Persi la pazienza.

"Te l'avevo detto di non venire," soffiai tra i denti.

Si morse il labbro inferiore.

"Ho una sorpresa per te, Sergio," sussurrò. "Credimi, non si può aspettare."

Una sorpresa per me? Lanciai un'occhiata al piatto di mio padre: era ancora ricolmo di arrosto.

Alla Carlina non era sfuggito il nostro breve dialogo segreto. La ignorai e trovai il coraggio di comunicare ai miei genitori che io e Marcello dovevamo partire subito.

"Come!" esclamò la mamma. "Non mangiate neanche un dolcino? Non restate per un ultimo brindisi? Qui sotto la pergola non si patisce neanche troppo."

Dall'impaccio mi cavò mio padre.

"Ma che dolcino, Silvana! Tu sei proprio un'ingenua... Non capisci che questi due bei giovinotti hanno altri impegni?... Forza, ragazzi, andate a divertirvi, voi che ancora potete. Beata gioventù! Il brindisi lo farete con le vostre belle signorine. Sbrigatevi, prima che trovino qualcun altro da festeggiare!" Allargò le braccia per salutarmi, sempre seduto, e mi infilò nel taschino della camicia una busta. "Questo è il nostro regalo. Bravo, figlio mio."

Anche la mamma mi abbracciò e, nonostante la delusione

che le stavo dando, mi ripeté che quella era stata una giornata indimenticabile.

"Carlina, prendi esempio da tuo fratello... Il primo laureato della famiglia!"

E lei, la Carlina, ebbe la bontà di inchinarsi davanti alla mia nuova corona.

"Ciao, fratellone," disse con la faccia lunga.

Il recital

E canterò parole armoniose.

Nannetta, *Falstaff*

Non voleva dirmi niente. Niente. Teneva la bocca cucita e non smetteva di guardare l'orologio. Solo quando uscimmo dall'autostrada si rilassò. Ora esigevo una spiegazione.

"Si può sapere, insomma, perché siamo partiti con tanta fretta?"

Non mi perdonavo di aver piantato in asso i miei genitori.

"Non distrarti," mi zittì ancora una volta. "Guarda il lago, invece, com'è bello..."

Al mio fianco scorreva un incantevole spettacolo di acque e cime, su cui si addensavano, in un alone latteo, gli ultimi raggi del sole.

"O cieli azzurri... o dolci aure native," prese a canticchiare, con quel compiacimento sarcastico che riservava alle cose di Verdi.

E io, che Verdi invece cominciavo ad apprezzarlo, dietro: "...dove sereno il mio mattin brillò... o verdi colli... o profumate rive... O patria mia, mai più ti rivedrò!".

Superata Intra, prendemmo una strada che si arrampicava sulla collina. Ci fermammo pochi metri dopo il cartello di uno dei primi paesi, San Maurizio. Lasciammo la macchina sul ciglio della strada e infilammo uno stretto cancello, incassato nelle pietre del muro di cinta e seminascosto nei viluppi di una vegetazione inselvatichita. In cima alla ripida e lunga scalinata si stagliava contro lo smalto serale la mole rosso mattone della villa paterna. Intorno pini e palme e nell'aria fresca un profumo di gelsomino, come in Liguria. Mi voltai ed ebbi il dono di un'altra immagine stupenda: la superficie verde-grigia dell'acqua, sollevata come un palcoscenico sopra i tetti, e una catena di colline vellutate, appoggiate su una romantica costa, per fondale.

"Forza," mi esortò Marcello.

Fatta una rapida doccia e cambiata la camicia (previdente, ne aveva portata una anche per me), salimmo di nuovo in macchina.

Grazie a dio il traffico scorreva.

"Dài che arriviamo in orario!"

Ancora non voleva dirmi dove.

Infilammo il lungolago di Stresa e su un manifesto lessi, in caratteri dorati: MARZIO GIUFFRIDA.

"Ma...!" mi sfuggì di bocca.

Solo allora mi accorsi che quel nome era stampato su decine di altri manifesti uguali, che orlavano la strada.

"Contento?" mi sorrise. "Ti porto a sentire Marzio Giuffrida nel giorno della tua laurea. Non è una fortuna incredibile?"

*

Entrammo nel teatro di corsa. Ci sedemmo in prima fila, le luci si spensero e una vera e propria marea di applausi si levò alle nostre spalle. Un vento idolatrico. Non avevo mai sentito un battito di mani tanto appassionato e prolungato. Marcello non aveva esagerato. Marzio Giuffrida era *davvero* una celebrità. Un uomo che suscitava consenso ed esultanza.

Gli applausi si ripeterono nel corso di tutto lo spettacolo, alla fine di ogni aria e talora anche nel mezzo. Marcello ascoltava a bocca aperta, concentrato come non l'avevo mai visto, e si riscuoteva solo per avvicinare le mani, che, dopo una prima serie di battiti incerti, si scontravano sempre più velocemente, sempre più rumorosamente, producendo una raffica di scoppi, come fossero due tavolette di legno.

Anch'io ero ammirato e applaudivo con trasporto. Non potevo non inchinarmi davanti a... Che cosa? Mi mancava il termine... Il cantante controllava il respiro e i gesti con pari sicurezza, e tuttavia senza apparente sforzo; sapeva di essere perfetto e questa consapevolezza era parte della sua perfezione. La voce era bellissima, e così il corpo. Marzio Giuffrida era uno strumento musicale di suprema qualità in un'eccellente forma umana. L'arte e la natura in lui si equivalevano, l'una si proiettava sull'altra, così che la disciplina appariva un aspetto del genio e viceversa, e nessuno spazio rimaneva per l'errore. Quando pronunciò "poeta", l'ultima parola dell'aria "La dolcissima effigie", fui preso dai singhiozzi e sentii il bisogno di afferrare la mano di Marcello. Ecco che cosa mi commuoveva, e per la prima volta mi si rivelava in tutto il suo fascino, proprio perché la esprimeva un essere vivente in carne e ossa, lì, a pochi metri da me, e non uno dei tanti morti che veneravo: la poesia suprema del *dire a piena voce*; il miracolo della *lingua umana nella sua massima pienezza.*

Per la fine del concerto Marzio Giuffrida pareva anche a me degno di tutto l'amore possibile.

"Ti è piaciuto?" domandò Marcello pro forma.

Ma non aspettò che rispondessi.

"Aspettami fuori. Corro a salutarlo."

Non mi chiese di seguirlo.

A malincuore seguii il flusso degli spettatori. Marcello mi raggiunse fuori poco dopo, con i pugni sollevati.

"Marzio starà per questa notte alla villa!"

La notte

E lucevan le stelle [...].

Cavaradossi, *Tosca*

Passammo il resto della serata a bere, nel giardino scuro, sotto le palme frementi, aspettando la venuta del divo. Marcello, sempre più infervorato dall'alcol, ne decantava le doti e mi spiegava perché il "teco" di "Di quella pira" rappresentasse il massimo dell'eroico, ma sì, meglio di Corelli, e il "*beau*" del *Postillon* valesse quanto quello di Gedda.

"Che muscolatura! Che colori!" si esaltava. "Una tecnica *étonnante*! *Étonnante!* Perché, vedi, non è solo questione di saper passare di registro, ma di preparare i suoni... Sennò, che *attristante banalité*! E l'attacco di 'Spirto gentil'? Di una morbidezza! Un esempio supremo di legato, della capacità di passare di registro su suoni addolciti... Avrai notato che sia 'nei sogni miei' sia in 'mentita speme' il passaggio avviene sulla *e* in corrispondenza del fa naturale... Commovente... E quanto magnifico il do sopracuto! Vuoi una prova paradigmatica di canto sul fiato? Ecco, l'abbiamo sentita stasera nella sua interpretazione di 'Una furtiva lagrima'..."

Verso l'una, quando già ci eravamo scolati un paio di bottiglie di prosecco, il cancello cigolò e un raggio di luna mostrò una sagoma diritta e armoniosa.

"Qui, zio," lo chiamò Marcello.

Invisibile all'ombra dei cespugli, la sagoma salì la gradinata e venne a sedersi vicino a noi. Eccolo, il grande tenore, a un passo da me.

Non volle bere. Disse che era stanco, ma la sua voce non tradiva nessuna stanchezza. Alzò la testa e cominciò a contare le stelle.

"Zio," disse Marcello, "ti presento un tuo nuovo fan, Sergio Gandolfi. È un bravissimo poeta e si è laureato oggi in Lettere classiche..."

Il divo ritornò sulla terra e mi allungò la mano.

"Ti sei divertito?"

"Molto," risposi.

Non sapevo che cos'altro dire.

"Sei stato magnifico, zio..." intervenne Marcello.

"Tu, Marcelluzzo, devi sempre esagerare... È stata una passeggiata. Che minchia! Stresa mica è Milano o Salisburgo... "

"Certo, ma il pubblico è il pubblico dappertutto. E poi non ti sei risparmiato per niente!... Se penso a quel 'teco' e a quel '*beau*', mi tornano i brividi." E ripeté anche al cantante la lezione tecnica che aveva impartito a me già più volte. "Fenomenale! Due arie così impegnative una in fila all'altra? Una passeggiata?... 'Dio' ti dovrei chiamare, non 'zio'!"

Marzio aveva rivolto di nuovo gli occhi alle innumerevoli luci del firmamento; una gamba gli ciondolava dal bracciolo della poltrona di vimini.

"Dio, dio!" ripeteva Marcello.

E gli si buttò al collo. Marzio, che amava chiaramente gli elogi, ma non che fossero accompagnati da manifestazioni fisiche, se lo tolse di dosso con una spinta.

"Sapete che vi dico? Buonanotte, ragazzi... Io me ne vado a *cuccà*..."

Subito dopo andammo a dormire anche noi.

Autografi per tutti

Oh che uomo! Che uomo!

Guccio e Pinellino, *Gianni Schicchi*

Dormii male per gran parte della notte. Nei pochi sogni che sognai mi trovavo davanti Marzio, che cantava a squarciagola, possente, insuperabile, capace di trascinare con sé uomini e pietre. Mi riposai solo a partire dall'alba, ma verso le nove già ero sveglio. Avevo sete. Marcello, invece, era ancora immerso nel più profondo dei sonni, nel letto accanto, e non sembrava aver bisogno di null'altro che di quell'invidiabile abbandono.

Mi alzai e scesi al piano di sotto. Cercai la cucina. Dopo vari inutili giri mi ritrovai in una specie di salotto. Fatti pochi passi, mi fermai. Marzio era lì, in piedi, vestito di un accappatoio, voltato di spalle. Fui tentato di chiamarlo, ma all'improvviso notai due polpacci affusolati, che spuntavano direttamente dai suoi fianchi. Per terra era buttato un grembiule. Osservai anche che il posteriore del divo avanzava e retrocedeva a ritmo, e che due mani femminili si aggrappavano alle sue spalle come artigli. Il movimento era accompagnato da mugugni soffocati, da un biascichio umido e lento...

In punta di piedi, sforzandomi di non farmi notare, tornai in camera e svegliai Marcello.

"Ma che ora è?" si lamentò.

"Lo sai cosa sta combinando il tuo divino zio?"

Marcello si riscosse, l'espressione accigliata svanì dalla sua faccia e al suo posto ci si accampò un sorriso ammirato.

"Sarà saltato addosso alla Rossella... Non è la prima volta..."

Scostò i tendoni. Aspettammo un'altra mezz'ora. Marcello scese a controllare e risalì quasi subito.

"La sta ancora montando."

Verso le undici, attraverso la finestra, lo vedemmo nel giardino. Indossava il costume da bagno e aveva in mano una tazzina di caffè. Lo raggiungemmo e ci mettemmo a fare colazione con lui, vicino alla piscina. Ogni volta che la Rossella si avvicinava al tavolo per servirci, lui le rivolgeva un'espressione appagata e ammiccante.

Anche alla luce del sole appariva pieno di fascino e di grazia. Era muscoloso ma asciutto, e gli occhi lanciavano lampi sensuali. Marcello lo fissava.

"Dormito bene, zio?"

"D'incanto. Perché mi guardi così, *camurria* che non sei altro... Se continui, ti prendo a pugni!" E a me: "Dunque, ieri ti sei laureato. Ricordami un po' in che cosa...".

"In Lettere classiche..."

Si massaggiava lo stomaco con la lunga mano nerboruta.

"E, dimmi un po', in che cosa consistono le 'Lettere classiche'?"

"Impari a tradurre Omero, Platone, Sofocle, Cicerone, Giulio Cesare, Virgilio..." intervenne Marcello.

E Marzio:

"Virgilio non è quello che ha ammazzato Cleopatra?".

"No, zio. Virgilio è quello che ha inventato la storia di Orfeo..."

"Non ti stai confondendo con Monteverdi?... Ah, Marcello, ricordami nel pomeriggio che devo chiamare la Adamova..."

"*Bien sûr, mon oncle.*"

Poi Marzio si alzò, agitò le braccia come se cercasse di prendere il volo e, *pluf*, entrò nell'acqua.

A me il solerte nipotino spiegò che la Adamova – Iulia Adamova – era uno dei soprani più importanti del momento.

*

Quando Marzio finì di nuotare, un'ora dopo, Marcello propose di salire fino al Sacro Monte. La proposta gli piacque. Come se la nuotata e il sesso non gli fossero bastati, disse che aveva voglia di sgranchirsi un po' le gambe, prima di rimettersi in viaggio.

Prendemmo un sentiero, che iniziava proprio dietro alla villa, e ci inoltrammo nei boschi. Presto il sentiero divenne ripido e accidentato. Io e Marcello arrancavamo e ogni tanto ci toccava fermarci per il fiatone. Marzio no. Ci precedeva di parecchi passi, coprendo i dislivelli con agili salti.

Lo ritrovammo al Sacro Monte. Era seduto a cavalcioni sul muretto, davanti allo strapiombo, all'ombra di un pino. Ci salutò con la mano e, prima che gli fossimo vicini, balzò in piedi. Alle sue spalle il quadro delle acque e delle colline. A tutta voce attaccò:

Catarì, Catarì,
Pecché me dice 'sti parole amare,
Pecché me parle e 'o core
Me turmiente Catarì?

Nun te scurdà ca t'aggio date 'o core, Catarì
Nun te scurdà!

Attirati da tutti i punti del santuario, i visitatori si raccolsero davanti all'improvvisato palcoscenico, dove Marzio si muoveva con atletica libertà, nonostante il rischio di precipitare a ogni passo.

Sull'acuto finale esplose un gioioso applauso.

"Bravo! Bravissimo! Che voce!"

E, prima che le mani smettessero di battere, intonò "O sole mio".

Il pubblico era affascinato, incatenato, arreso alla bellezza e alla fatalità della canzone.

Le vocali della parola "fronte", prolungato una frazione di secondo l'"in" che precede, si gonfiarono come bolle e volarono giù per la valle. E l'attesa degli ascoltatori si sciolse in tripudio.

Accorse nuovo pubblico. Una signora ordinò: "Voce 'e notte". E il generoso cantore, senza esitare, l'accontentò:

Nun ghì vicino 'e llastre pe' fà 'a spia,
pecché nun può sbaglià: 'sta voce è 'a mia...
È 'a stessa voce 'e quanno tutt'e duje,
scurnuse, nce parlavamo cu 'o 'vvuje'.

"Ma è Marzio Giuffrida!" lo riconobbe un ragazzo.

Un attimo dopo il divo si metteva a scribacchiare autografi e a posare, compunto e virile, per le foto ricordo.

Titus

Qual suon dolente il lieto dì perturba?

Pastore, *La favola d'Orfeo*

Tolti quei tre giorni di congedo, passai l'estate a Milano. Il tenente non volle saperne di concedermi neanche un altro giorno di libertà. Marcello, invece, in nome dei privilegi indiscutibili di cui godeva, poteva andare dove gli pareva. A Pesaro vide il *Maometto II*, il *Mosè in Egitto* e *Il signor Bruschino.* Del primo fu specialmente entusiasta. "E pensare," mi raccontò, "che Goethe aveva da ridire sulla costruzione della storia! Ah, i tedeschi!" Dietro suo suggerimento – ben scarsa consolazione – lessi la *Massimilla Doni* di Balzac: elogio appassionatissimo del *Mosè*, oltre che discussione assai competente dell'arte rossiniana. La storia amorosa, un pretesto; sempre buona, comunque, per fare esercizio di lingua.

Poi cominciò l'autunno. E allora qualcosa di nuovo accadde; qualcosa che sconvolse le mie giornate e impresse un corso inatteso a tutta la mia vita.

Siamo all'inizio di novembre, un giorno qualsiasi della settimana, verso le sei di sera.

Entro nell'atrio e vengo investito da un rimbombo di note lugubri e dolorose.

Col cuore in gola, deciso a non fidarmi del mio udito, anzi, sperando vivamente che il mio udito si stia ingannando, salgo i primi gradini e, attraverso i trafori della ringhiera, vedo... un cane.

Sì, un cane! E per di più maschio...

In tanti mesi non mi è mai capitato di vederne qui, di cani.

"Apparterrà a qualcuno dello studio legale," penso, come se un simile pensiero già contenesse la via della salvezza.

Certo, questo cane non ha nulla di feroce nell'aspetto; nulla che possa ricordare i pastori tedeschi del tenente Rubafiamme... Sarà lungo un metro e mezzo e il suo pelo è di un simpatico giallo rossastro, pezzato di velluto bianco. Però resta sempre un cane! Che fare? La bestia non sembra particolarmente interessata a me. Almeno questo. Notare, mi ha notato; ha voltato la testa dalla mia parte. Ma di lì non accenna a spostarsi. Con la zampa destra gratta la porta ed esplora con l'olfatto lo spazio antistante alla ricerca di un varco, quasi sperasse di potersi trasferire dall'altra parte per un buco o una crepa. Se cerco di andare fuori, sicuramente mi viene dietro... Di tornare indietro, però, io non ho nessuna intenzione. Io non voglio uscire, io voglio entrare! Questa casa me la sono conquistata, non devo permettere a un maledetto cane di ritogliermela... Mi vengono in mente Edipo ed Enea, che dovettero superare anche loro l'opposizione di spaventosi guardiani... Ma sì, questo cane è la mia Sfinge, il mio Cerbero... È una prova; e io, da bravo eroe, come Edipo e come Enea, ho il dovere di proseguire. E intanto rifletto, e intanto passa il tempo, senza dubbio il tempo più lungo che io mi sia mai dato il permesso di trascorrere in prossimità di una bocca canina. E niente cambia. Nessuno arriva in mio soccorso, e io non avanzo e non retrocedo... Quand'ecco che la mia Sfinge si volta di nuovo verso di me, muove un passo e... mi parla. Ma, anziché un indovinello mortale, dalle sue fauci socchiuse esce un – se così posso dire – melodioso uggiolio. Mi sta chiedendo di aprirle la porta.

Mi faccio coraggio e salgo. Eccomi sul pianerottolo. Il cane si volta e mi annusa le scarpe e i pantaloni con scrupolo, agitando una sontuosa coda ricurva, che gli sta appiccicata al dorso come un ricciolo di panna. Poi riprende a mugolare con pietosa intonazione.

Non posso far altro che aprire la porta, come lui mi chiede, se voglio entrare. E quello, approfittando dell'occasione, con un balzo è dentro. Un secondo dopo, prima ancora che io possa valutare le conseguenze di quell'irruzione (coraggio, infatti, ne avevo trovato abbastanza per costringermi ad arrivare all'uscio, non certo per prepararmi a condividere la casa con l'animale), una donna mai vista gli piomba addosso e comincia a batterlo con un ombrello.

"Bestiaccia, bestiaccia, bestiaccia! Quante volte ti ho già detto di non cagare per casa! La tua merda te la faccio ingoiare! Tornatene fuori! Fuori!"

Ma quello, anche se lei lo tira per il collare e per le orecchie, resiste con tutto il suo peso.

"E tu," urla a me la sconosciuta, con una vocetta quasi adolescenziale che contrasta con l'aspetto antico della figura e del volto, "perché cazzo l'hai lasciato entrare? Mica sei a casa tua che puoi fare quel che ti salta in mente! Se 'sta bestia schifosa era fuori, ci sarà stata una ragione!"

Intanto, cadutole l'ombrello di mano, giù sberloni, come capita, sulla testa e sul dorso del poverino, che però riesce a divincolarsi e, sbandando di qua e di là, incapace di trovare a colpo sicuro la strada della salvezza, corre a rifugiarsi in qualche angolo dell'immenso appartamento.

Anche la donna si ritira, svanita come un'apparizione magica o un fantasma della mia mente.

Una cena rivoltante

Basta! Basta!

Il dottor Balanzon, *L'Orfeide*

T'odio, casa dorata!

Gérard, *Andrea Chénier*

Chi era quell'Erinni, che nel mio paradiso si muoveva da padrona?

Da dove sbucava?

Cercai Marcello nello studio. Non c'era. Lo cercai nella sua stanza. Niente, neanche lì. Ma dove si era cacciato? Chiusi la porta, perché il cane non potesse entrare, e mi addormentai sulla vecchia tripolina.

Il mio sonno fu attraversato da latrati, voci femminee, parole spagnole e francesi...

A un certo punto sentii un fiato caldo contro l'orecchio. Aprii gli occhi con un urlo, ma, grazie al cielo, mi ritrovai accanto Marcello.

"Mi hai spaventato," protestai. "Ma dove ti eri cacciato?"

"Ero di là con la Vanna... Dài, alzati, la cena è pronta."

Mentre ci avvicinavamo alla cucina, scoprii che l'Erinni era sua zia, la Gloria. La moglie di Marzio, sì, proprio lei... La Vanna era la figlia. Sarebbero rimaste a Milano per un po'.

"E Marzio?" domandai.

"Lui per ora deve fermarsi a Parigi. Arriverà più avanti..."

"Ma proprio qui dovevano metter le tende?" sbottai.

E Marcello, con un tono che non si capiva se volesse esprimere rassegnazione o rimprovero:

"Questa è anche casa della Glò. Ha il diritto di trattenersi quanto le pare. Lo spazio, d'altronde, non manca. Mia madre le ha dato i locali che stanno dietro la lavanderia, un quartierino del tutto indipendente dove noi non andiamo mai. Laggiù in fondo chi la sente?". E aggiunse, con la chiara intenzione di tranquillizzarmi: "Prima o poi la Glò troverà un'altra sistemazione... Bisogna avere un po' di pazienza... Penso che neanche a lei stia bene di vivere qui come una *bohémienne*".

*

A tavola mi ritrovai seduto tra la madre di Marcello, che per una volta non cenava fuori col "borghesone", e la Glò. La Vanna e Marcello mi sedevano di fronte.

Benché la cena non fosse niente di speciale – consisteva appena in un primo di pasta al sugo rosso e un secondo di formaggi (quello che a casa mia si mangiava quando la mamma non aveva nessuna voglia di cucinare, cioè praticamente mai) –, venivamo serviti da entrambe le domestiche, la Ines e l'Antonia. La Glò, infatti, per antica abitudine, non muoveva un dito in casa. L'Antonia si era messa a servirci, infrangendo il suo codice, solo perché la nuova arrivata, che per di più era argentina, non credesse di esser diventata lei la padrona. Però, siccome la cosa non le piaceva per niente, agiva di malagrazia, rovesciava le pietanze nei piatti, non calcolava le quantità. Per principio si imponeva di servire esclusivamente Marcello, sua madre e me. La Glò e la Vanna le serviva, con maggior garbo, la Ines.

Un simile antagonismo divideva le stesse sorelle. La Romi trattava la Glò con un'esibita aria di fastidio; l'aria di chi ha di fronte un'idiota. L'altra si difendeva dal disprezzo col sussiego. Il contegno era quello delle donne colpite da un grave lutto; occhi di un'opacità fredda, artificiale, da ipnotizzata. Non avevo mai visto nessuno, uomo o donna che fosse, umiliarsi e innalzarsi a un tempo con tanta abile artificiosità. La Romilda le parlava di questioni pratiche: di mobili, di stirerie, di soffitte; e del Steinway a mezza coda, che andava accordato... E la Glò la lasciava parlare, non partecipando in alcun modo. A una sola cosa teneva: tormentare la Ines. La richiamava a servirle un secondo pezzetto di gorgonzola – di cui andava pazza – e si lamentava perché gliene aveva messo troppo nel piatto, e troppo vicino al bordo, che poi si macchiava la camicetta di seta; e corresse a prenderle la pillola della pressione, dove?, nel solito posto, boh, in bagno, in camera, nella valigia, insomma che mostrasse un po' di iniziativa... E che non lasciasse avvicinare il cane. Quello schifoso!

"Sssst! Sentite..."

Lontano echeggiavano gli ululati della bestia, che sembrava implorarci di ammetterlo tra noi. Il cuore mi si strinse ed ebbi l'impulso di andargli ad aprire la porta che lo escludeva, come avevo già fatto poco prima. Ma che stava succedendo? Le mie antiche paure cominciavano a cedere a una nuova, ancor confusa volontà di amore per l'essere offeso.

"Ditemi voi se non provoca, quello sgorbio!" E, rivolgendosi alla figlia, ma parlando a tutti i presenti: "Perché diavolo non lo abbiamo lasciato a Parigi, insieme a tuo padre? I cani devono stare coi cani, no?".

La Vanna, un po' in italiano un po' in francese, le diede della povera fallita, ripeté più volte che il cane era lei, non il padre, e che da Titus (con la "u" accentata e pronunciata come la "y" del greco antico) non si sarebbe mai divisa, mai!, se lo togliesse dalla testa una buona volta; il cane era *suo*, suo e basta, di nessun altro!

"Ma se neanche lo guardi!" rideva la Glò, come se gli insulti le fossero passati sopra la testa. "Maledetto il giorno che tuo padre ti ha voluta accontentare!"

La Vanna afferrò la forchetta e gliela lanciò addosso. L'arma improvvisata non produsse nessuna ferita, solo una macchiolina di unto sulla camicetta. Però, quasi avesse visto una chiazza di sangue sgorgarle dal petto, la Glò diede in escandescenze. E al solito se la prese con la Ines:

"Corri in bagno a prendere il borotalco. Sbrigati, maledizione! Sbrigati, razza di incapace!".

La Ines si precipitò fuori dalla cucina.

Anche la Vanna uscì di corsa. Dal fondo del corridoio, poco dopo, provenne un grido. Rispose un latrato.

"Vado a dare un'occhiata," disse Marcello.

La Romi ricominciò a parlare come se nulla fosse successo.

Anche la Glò, dopo aver cosparso la patacca di abbondante polvere bianca e aggiustato i radi riccioletti sull'ampia fronte marmorea, riassunse l'atteggiamento di prima.

Marcello e la cugina tornarono. Si tenevano a braccetto e sghignazzavano, come una coppia di fidanzatini.

Si era ormai al caffè.

"Grazie della cena," dissi, respingendo la tazzina.

La Romi alzò la testa, muta. La Glò non mi degnò neppure di quella minima attenzione.

"Come, vai già?" si stupì Marcello. "È ancora presto!"

Però, non cercò di trattenermi. Anzi, corse a prendermi il cappotto.

Mentre ci salutavamo sul pianerottolo, comparve scodinzolante Titus, con una pallina tra i denti. La lasciò cadere e con il muso la spinse fino ai miei piedi. La tenerezza mi sciolse i ginocchi. Con un calcio buttai la pallina da qualche parte e infilai le scale buie.

"Ritorna vincitor!" mi gridò Marcello, sporto dalla ringhiera, in un tentativo estremo, ma inutile, di complicità.

Arrivai in caserma ansimante, come se mi fossi sottratto a un pericolo mortale. Salii dritto filato in camerata. Per una volta non provai neppure disgusto a inalare lo schifoso tanfo dei cessi, contro cui non valeva disinfettante. Poi, arrampicandomi in cima alla branda, mi ripromisi che in quella casa non avrei mai più messo piede. Mai più! Con Marcello era finita...

Duetti

Quel bocchino piccinino [...].

Il Marchese, *La buona figliuola*

Per non correre il rischio di incontrarlo, in mensa adesso pranzavo al turno delle dodici. Certi giorni, per maggior sicurezza, saltavo addirittura il pasto.

La sera la passavo dentro, con i puniti e i meridionali – che erano stufi ormai di consumare le scarpe avanti e indietro per via Torino e i pantaloni sui gradini del Duomo. Non era poi così male restare in caserma. Allo spaccio si giocava a dama e a carte, e non mancava mai qualcuno con cui poter scambiare due chiacchiere. E quando ne avevo abbastanza della compagnia, mi ritiravo in cima alla branda e ascoltavo l'*Aida* con le cuffie.

Marcello venne a cercarmi in fureria.

"Tutto bene?" mi domandò sottovoce.

"Sì, tutto bene..." risposi, senza alzare la testa dalle scartoffie.

Mi invitò a bere un caffè allo spaccio.

Dissi che ero molto occupato.

"Stasera passi?"

"Mi sa di no... Ho un sacco di lavoro arretrato..."

"Non ti è simpatica mia zia?"

Anziché rispondere (ma che cosa potevo rispondere? che mi facevano tutti schifo? che il cane era meglio di loro?), rivolsi uno sguardo apprensivo in direzione del tenente, il quale se ne stava sprofondato nella sua poltrona a sfogliare la "Gazzetta dello Sport", incurante di tutto quello che gli avveniva intorno.

"Ho capito..." si arrese. "Quando vuoi venire, la strada la conosci..."

*

Ricomparii il lunedì seguente, dopo aver trascorso il sabato e la domenica a Mantova, come ormai non mi capitava da molto tempo. Volevo gridare a Marcello la mia delusione e il mio disgusto... Basta! Mi ero sbagliato a pensarli migliori, interessanti, raffinati, lui e la sua famiglia. Erano, invece, solo degli egoisti irrispettosi, gente qualunque, dalla quale io non avevo nulla da imparare.

In verità, tornavo per rivedere Titus.

Mi aspettavo di trovarlo anche questa volta sul pianerottolo. L'avevo sperato. Non c'era. Infilai la chiave nella serratura ed entrai nell'appartamento. Presi il corridoio che portava alla biblioteca, la stanza più bella della casa, e, avvicinandomi, cominciai a percepire una sequenza di inquietanti sibili, resi tuttavia sopportabili dallo schermo di numerose pareti. Si percepiva anche un suono di pianoforte, fievolissimo.

Marcello, sbucato da un salottino laterale, mi venne incontro a braccia aperte.

"Eccolo che se 'n viene. E la sua forma tiene..." canticchiò.

"Che cos'è?" domandai allungando l'orecchio.

Quel muggito (mi venne in mente il toro di Falaride) almeno ci esonerava dall'imbarazzante necessità di portare il discorso sul mio improvviso ritorno. Odiavo l'idea che Marcello potesse credermi pentito. Di cosa poi?

"È la Glò, che si esercita col maestro," mi spiegò, stringendomi tra le braccia. “Scommetto che per un momento hai pensato che fosse il cane!”

Bastò quella frase per cancellare in me ogni residuo d’ira. Scoppiammo a ridere. Che bello, ancora riuscivamo a ridere come ai tempi di Albenga! E all’allegria aggiungeva gusto la gioia della riconciliazione... Anch’io, a quel punto, lo strinsi.

Con la voce della Glò si mischiava realmente un abbaio, che copriva quasi del tutto il suono del pianoforte: la protesta di Titus, chiuso al solito dietro qualche porta.

I due, con le loro gole, uno di qua, l’altra di là, formavano un unico suono, un unico lamento.

Ancora singhiozzando, gli dissi:

“Ma la Glò non aveva smesso di cantare?”.

Lui diventò serio.

“Non so se te lo devo dire...”

“Che cosa?” lo incoraggiai.

“Ma sì, te lo dico... Tanto... Ma promettimi di tenertelo per te! Ci manca solo che la cosa finisca su ‘Novella 2000’!”

Promisi.

“Marzio ha mollato la Glò per... l’Adamova! E lei, la moglie tradita, ha deciso di riconquistarlo con il canto. Se la rivale è brava, lei dimostrerà di esserlo ancora di più. La mattina la passa a studiare la sua voce. Il pomeriggio tenta di imitarla... Non ce la farà mai. Troppo vecchia, troppo indisciplinata... La grana è ancora bella, è abbastanza intonata, ma per certe cose ci vuole altro... Figurati che sta cercando di cantare ‘Glitter and be gay’, roba che la Adamova canta con la facilità con cui respira (l’ho sentita a New York tre anni fa)! Senti come *sbianca*? E poi non stacca i suoni, non ha fraseggio... Non dirmi che questa è la risata di Cunégonde! È convinta che Marzio tornerà da lei e che insieme calcheranno le scene dei teatri più importanti del mondo. Ti rendi conto?”

Il duetto cessò. Seguì uno sbattere di porte, un guaito acutissimo e un attimo dopo comparve Titus. Titus! Al suo improvviso apparire, mi sentii invadere dalla commozione, e alle labbra mi salì la promessa di Radamès:

Vivrem beati d'eterno amore...

Dopo aver girato varie volte su se stesso, in una specie di danza orientale, il meraviglioso cagnolino venne a posarmi il muso sulle gambe; e io – con una prontezza di cui mai mi sarei pensato capace fino a qualche tempo prima – gli accarezzai la testa e fissai per la prima volta i suoi dolcissimi occhi scuri, a mandorla. Il patto era stretto. Ma di colpo si staccò da me e andò ad accucciarsi di corsa sotto la scrivania, tra le gambe di Marcello. Un attimo dopo la Glò irrompeva nella stanza.

"L'avete visto? Dove si nasconde?" strillava fuori dalla grazia di dio. "Ah, eccolo là. Esci! Avanti, esci, figlio di puttana!"

Marcello cercò di calmarla.

"Zia, lascialo pure lì, non ci dà fastidio."

Ma la Glò non si preoccupava certo del fastidio che il cane poteva procurare a noi.

"Quel figlio di puttana non ha smesso un momento di rifarmi il verso!"

Si infilò sotto la scrivania e allungò un braccio per colpirlo. Il cane non si mosse, come se non l'avesse vista. Il colpo, comunque, fallì.

Marcello si grattò la nuca.

"Il cane *ti rifà il verso*?!"

E lei, tirandosi su con qualche scossa impacciata:

"Mica sarebbe la prima volta! 'Sto stronzo ha la pretesa di cantare! Guarda!".

Sembrava placata.

"Titus!" lo chiamò, e si batté le mani sulle grosse cosce. "Avanti, dài, esci di lì, che cantiamo!"

E Titus, il mio stupendo cagnolino, alzò la testa. La Glò si appoggiò allo spigolo di uno scaffale e cominciò a cantare, a bassa voce:

"Sono andati...". Lui si drizzò sulle zampe, allungò il collo e ripeté:

"Uuuhh... Uuuhh...".

E lei, in un sussurro:

"Fingevo di dormire perché volli con te sola restare...".

E lui dietro:

"Uuuhh... Uuuhh... Uuuhh... Uuuhh...".

"Ho tante cose che ti devo dire..."

"Uuuhh... Uuuhh... Uuuhh... Uuuhh..."

"Una sola ma grande come il mare. Come il mare profonda ed infinita..."

Ormai voce umana e guaiti erano indistinguibili. Sul finale nessuno dei due si contenne. Lei lanciò un urlo da indemoniata:

"Sei il mio amoooooor e tutta la mia viiiiita...".

Lui, per non essere da meno, quasi tentasse di articolarsi in quelle fauci la voce di qualche individuo umano che gli dèi per punizione avessero degradato alla forma animalesca, spinse i suoi latrati a vertici inarrivabili, con evidente, commovente, inutile sofferenza.

Sì, il cane cantava. Non c'era dubbio e ci metteva l'anima.

"Basta, basta," gli ordinò Marcello.

Ma Titus, il cane cantante, non voleva, non *poteva* smettere; e provocava la Glò, che, felice di averci dato tanta dimostrazione, ansimava e tripudiava come una menade nell'orgia.

"Che vi dicevo?" ripeteva.

Sprizzava da tutti i pori un sinistro divertimento.

E di punto in bianco reintonò, a squarciagola, con gli occhi strabuzzati, puntati su un invisibile orizzonte infuocato:

"Sei il mio amoooooor e tutta la mia viiiiita...".

Quella ripresa costrinse il povero Titus a un estremo cimento: e dalla sua gola, già troppo provata e deformata, si levò un ululato agghiacciante.

"Basta, zia," la pregò Marcello, saltando in piedi.

E lei:
“Ma che basta! Che crepi! Prima o poi gli cederà ben il cuore a ’sto pezzo di merda!”.
E, poiché Titus, a furia di protendersi nell’esecuzione di acuti sempre più arditi, si era sporto alquanto fuori dal suo rifugio, lei, a tradimento, riuscì ad assestargli un poderoso calcio con la punta dello stivaletto. All’istante il canto della bestia cessò e al suo posto si levò un triste uggiolio.
“Così impara!” esultò la Glò. “Vediamo chi è la cantante qui!”
E si allontanò in trionfo, applaudita dai fantasmi.

Salvarlo!

> [...] dalle nemiche soglie
> meglio l'uscir sarà.
>
> Samuel, Tom e loro aderenti,
> *Un ballo in maschera*

Il povero Titus restò a mugolare ai nostri piedi.

Qualunque rimasuglio di allegria si era dissolto. Quello che la Glò aveva appena fatto sotto i nostri occhi non si poteva perdonare...

Marcello, per sdrammatizzare, disse: "Gli animali sono abituati alle botte...".

Non mi ero ancora tolto il cappotto. Smisi di accarezzare il fianco sussultante di Titus, mi tirai su e girai i tacchi.

"Ma che fai?" esclamò Marcello.

E mi afferrò per un braccio.

Incollati l'uno all'altro, percorremmo a ritroso un buon pezzo dello scuro corridoio. Con le schiene urtammo quadri e sporgenze. Una fotografia si staccò dal muro e il vetro andò in pezzi sul pavimento. Ma non ci badammo. I nostri capelli si toccavano. Il profumo del Drakkar mi accarezzava la gola. Restammo così, avvinghiati, ansimanti, per un lungo minuto. I suoi occhi scintillavano nella penombra, belli e grandi. Pensai che stesse per baciarmi.

"Quanto ti scaldi!" sussurrò.

"Sei come lei," lo accusai, per nulla disposto a sorridere della mia intransigenza,

"Non dirlo neanche per scherzo," reagì, offeso, mollando

la presa e retrocedendo di un passo sulle schegge scricchiolanti. "Sai bene che non è vero. La Glò è una donna disperata."

"È una donna cattiva!" lo corressi.

"D'accordo, è una donna cattiva. Ma lo è perché il marito l'ha lasciata... Sta soffrendo. Cerca di capirla! Figurati che, con tutta la gelosia che ha sempre provato nei miei confronti, mi ha supplicato di andare a Parigi a parlargli. Vuole che gli dica che lei sta riprendendo a cantare..."

"E Titus in tutto questo che c'entra?"

"Niente. Titus non c'entra niente."

"Perché hai tanta paura di quella donna?"

"Paura?! Ma se ti ho detto che mi fa pena!"

"Allora, giurami che farai qualcosa... Tienilo tu, Titus... Strappalo alle grinfie di tua zia!"

Marcello mi assicurò che avrebbe chiesto aiuto alla Vanna. Era lei la padrona di Titus. E, anche se di lui in genere si disinteressava, si poteva sperare che sarebbe intervenuta, non fosse altro che per andare contro la madre.

"Parlale adesso," gli ordinai. "Qui, davanti a me..."

Marcello si innervosì.

"Adesso?! Ma dài... *Tu exagères!* Le parlerò quando verrà il momento! Io adesso avevo in mente altro. Volevo chiederti di spiegarmi certe cose. Oggi ho deciso che la mia tesi, all'Accademia, sarà sull'*Orfeo* di Poliziano... Che ne pensi?"

Non volli sentir ragioni.

"Tu vai a cercare la Vanna e le parli all'istante, o la nostra amicizia finisce qui..."

Mi tolsi il cappotto e ritornai nello studio.

Nell'attesa mi sedetti dove prima era seduto Marcello e a caso lessi qualche verso dell'*Orfeo*, ancora aperto sulla scrivania, la prima opera del teatro italiano: la storia del poeta sbranato dalle donne. Che modo bizzarro di iniziare una tradizione! Mi fu inevitabile, date le circostanze, fare un paragone tra il caso di Orfeo e quello di Titus, tanto più che erano entrambi cantori.

Marcello ritornò con la cugina.

"Vanna," le disse, quando mi furono davanti, "Sergio ha una cosa da dirti..."

Vigliacco! Lasciava che ad affrontarla fossi io.

"Vanna," cominciai, "io e Marcello abbiamo appena assistito a una scena per nulla piacevole. Titus..."

Udito il proprio nome, il cane si sollevò dal tappeto e mosse qualche passo verso di noi. Zoppicava.

"Ecco, vedi come l'ha ridotto tua madre..." ripresi.

La Vanna si voltò verso il cugino.

"E a questo chi cazzo gli ha chiesto il suo parere?" Poi a me: "Non permetterti mai più di nominare mia madre! Chi cazzo sei, eh? Chi ti ha mai visto?".

Mi morsi la lingua.

Marcello la invitò con le buone a calmarsi, ma quella non gli diede retta. Mi chiamò "*espèce de pédé*", mi disse di togliermi dai coglioni, di farmi i cazzi miei, che ai suoi ci pensava lei, e che mi tenessi lontano dal suo cane. Invano Marcello agitava le mani per rabbonirla.

"*Allez, Titus. On y va!*" urlò lei.

E lo costrinse a muoversi.

Eravamo mortificati. Credo che lui lo fosse più per non aver saputo zittire la cugina che per le offese che lei mi aveva vomitato addosso. Io lo ero perché avevo avuto una nuova prova della pochezza di quella gente.

"Sergio, mi dispiace," sospirò. "Però, cerca di capire. La Vanna ha la madre che ha; e il padre le manca da morire. E poi Milano non è la sua città. Lei è cresciuta a Parigi..."

No, non dovevo smettere di frequentare la villa, come l'istinto mi suggeriva. Anzi, dovevo starci il più possibile, conquistarmi la fiducia di quei miserabili. Salvare il povero Titus... Perché continuavo a illudermi che Marcello fosse diverso?

"Ma che succede adesso?" esclamò.

La Ines, trafelata, si precipitò nella stanza, con Titus in braccio. In fondo all'appartamento echeggiavano gli urli della Glò. *Madame*, come la chiamava la Ines, aveva scoperto una merda davanti al leggio.

"*Madame lo quiere matar*," ansimava la buona argentina.

E, senza perdere altro tempo, proseguì di corsa verso l'uscita.

Prima che lei infilasse la porta, Titus lanciò tre poderosi ululati.

Pace

Libiamo amore, amor fra i calici
più caldi baci avrà.

Alfredo, *La traviata*

Ci provò quella stessa sera. Eravamo nella sua stanza, allungati sul letto. Mi stava dando una lezione sui pregi della Caballé, l'unica, secondo lui, che in *Norma* avesse avuto la capacità di oscurare la Callas, e io, al solito, ascoltavo, da allievo diligente. Già non pensavo più a quello che era successo in corridoio. Di colpo smise di parlare, spense l'abat-jour e si lanciò su di me. Sì, mi saltò addosso come un doberman, un alano, e mi premette con tutto il suo corpo. Solo in quel momento scoprii quanto fosse pesante e vigoroso. Con la bocca cercava la mia bocca e si faceva strada tra le mie gambe, con incredibile determinazione.

"Sei impazzito?" ridevo. "Marcello, togliti, su, che non respiro... Mi fai male!"

Lui, però, non scherzava affatto. Mi tirò su il maglione, mi morse il torace e il collo, e provò a cacciarmi la mano nei pantaloni.

"Avanti, dài..." mi ordinò. "Sbrighiamoci, che tra un po' devi rientrare..."

Mi divincolavo, resistevo, lo respingevo, ma non c'era modo di fermarlo. Allungai il braccio all'interruttore.

"Smettila," gli dissi guardandolo negli occhi.

"Perché?" mi domandò esterrefatto, paralizzato nella posa dell'assalto. "Pensavo che ti andasse..."

"No, invece. Non mi va..."

"Che c'è? Ti vergogni?"

"A me piacciono le ragazze..."

"E allora? Che differenza fa? Siamo amici, no? Gli amici fanno queste cose... Tu hai la testa piena di pregiudizi... D'accordo, capisco... Ti rispetto..."

Non sapevo cosa rispondere. Puntava le braccia sul materasso e mi osservava dall'alto, con gli occhi scintillanti. Ebbi pena per lui. Ebbi pena per tutti e due. Lo attirai a me e lo abbracciai. E il suo corpo si rilassò, mi si abbandonò, pesò ancora di più sul mio stomaco. Provò ad accarezzarmi, ma, poiché mi irrigidii, desistette subito. Avevo rovinato tutto? Lo avevo offeso irrimediabilmente? Perciò lo stringevo forte, sempre più forte, per rinviare il più possibile il momento del distacco.

"Scusami," disse all'improvviso. "Non avevo capito... Ti prego di non odiarmi... Chissà adesso che cosa penserai di me? Guarda che, se ci ho provato, è solo perché credevo che tu ne avessi voglia... Mi sembrava quasi che me lo chiedessi... D'accordo, ti ho frainteso. Capita, no? Posso darti almeno un bacio... In segno di pace, per farti vedere che non sono arrabbiato..."

Lasciai che mi baciasse. E fu un bacio lungo, pensato; continuamente ricominciato... Dopo di che si alzò, si ravviò i capelli davanti allo specchio e mi disse di sbrigarmi, o in caserma mi avrebbero punito.

La notte fui visitato dagli incubi. La Glò, folle di rabbia, cacava un immenso stronzo nella ciotola di Titus e gli ci infilava il muso; poi, come una delle donne dei Ciconi, le assassine di Orfeo, lo riduceva a brani, con strilli lancinanti, che vagamente ricordavano la risata di Cunégonde... E la testa di Titus cadeva proprio davanti a me, insozzata di feci e sangue, e privata degli occhi...

Una proposta di lavoro

Venite, signorina. Don Alonso,
che qui vedete, or vi darà lezione.

Bartolo, *Il barbiere di Siviglia*

Dopo un'insopportabile giornata di lavoro, ritornai alla villa.

Titus, il mio caro Titus, mi aspettava dietro la porta! Subito cercò di saltarmi al collo, ma la zampa ferita non aveva la forza di sorreggerlo. Però, a giudicare dalla vivacità della coda, non era per nulla abbattuto. Provammo a giocare con la pallina, ma anche questo si rivelò per lui troppo faticoso. Mi chinai e lo ricompensai con le carezze più tenere. Poi, zoppicando, mi seguì nello studio e si accucciò ai miei piedi.

Marcello mi stava aspettando. Aveva un'aria giuliva, per nulla imbarazzata, come se la sera prima, sul letto della sua camera, tra noi non fosse successo proprio niente. Voleva parlare di Orfeo.

"Ci sono tante cose che non capisco... Per cominciare: lo sbranamento è da considerarsi un atto di giustizia o no? Tu cosa pensi?"

Comparve di nuovo la Ines. Veniva a cercare me. Proprio me. *Madame queria hablar conmigo de una cosa muy importante.*

Pensai che la Glò, aizzata dalla figlia, intendesse tirarmi le orecchie, accusarmi d'impudenza o insultarmi. Per quale altra ragione sennò, dopo l'incidente di ieri, mi chiamava a rapporto?

"Va'," mi incoraggiò Marcello, come se non ci fosse nulla di strano o di pericoloso in quell'invito.

Né ebbe la tentazione di seguirmi o di domandarmi se desiderassi la sua compagnia – a differenza di Titus, che si era già levato da terra. Naturalmente, lo costrinsi a restare lì, per il suo bene.

*

La Ines mi trascinò per un labirinto a me ancora ignoto di corridoi scuri. Aprivamo e chiudevamo una porta dietro l'altra, salivamo e scendevamo scale e scalette. Intanto, pienamente padrona dei meandri, lei mi faceva il racconto della sera prima e ripeteva con gusto davvero scatologico, in varie combinazioni, "*chien*", "*chier*" e "*mierda*". E rideva! Rideva di *Madame*. Così imparava, la *puta*. Meno male che c'era il cane a punirla per la sua cattiveria. Neanche potevo immaginarmi quanto fosse *mala* (invece un'idea cominciavo ad averla). Lei amava solo se stessa. E il *dinero*! Oh, per il *dinero* era pronta a tutto. *Ladrona!* A lei rubava dentifricio, crema emolliente, perfino rossetti, anche se il *rojo no le gustaba*. E riusciva sempre a sottrarre *algo* dalla sua busta paga mensile, *con pretèxtos estúpidos*. La accusava di aver *llamado* più del solito i parenti in Argentina o usato troppo detersivo. Qui a Milano si serviva a piene mani dei cosmetici della Romi. Non le sentivo litigare? Era particolarmente bramosa di una certa crema per la *noche* che la Romi comprava in una profumeria di Lugano. Perché i suoi *hurtos* non venissero notati, sottraeva non il barattolo intero, ma solo *cantidades pequeñas* di crema, riempiendone alcuni barattolini fino all'orlo...

Dopo l'ennesima porta entrammo nel quartierino. La Ines mi annunciò e subito si dileguò.

Lo squallore di quei locali periferici, adattati alla bell'e meglio perché qualcuno ci potesse vivere (la servitù di molti decenni prima), lasciava a bocca aperta. L'arredamento era raccogliticcio, l'illuminazione scadente; i soffitti più bassi del normale, le finestre anguste.

La Glò, regina dello squallore, era assisa in trono, un basso sgabello di ferro, in un vestito di maglia scura, nell'anticamera-boudoir, ingombrata dal vecchio Steinway. In mano teneva un lapis e sul grembo un taccuino. Accanto, su un tavolinetto, ardeva una candela, alla cui fiamma lei rivolgeva uno sguardo intenso, gonfiando le guance come un'antica divinità delle tempeste. Di me pareva non si fosse accorta. Non si muoveva nemmeno. Se ne stava impettita, trasognata. In realtà, era impegnata – come avrei scoperto – in un esercizio di riscaldamento della voce: tale esercizio imponeva che l'aria venisse espirata molto lentamente, man mano che l'addome rientrava, così lentamente che la fiamma non oscillasse di un solo millimetro.

"Siediti," mi invitò all'improvviso, alzando il lapis.

E indicò l'unica sedia disponibile, una vecchia sedia da cucina, di fòrmica. Allora mi accorsi che quella in pratica era la prima volta da quando l'avevo incontrata che mi parlava, escluso il becero rimprovero con cui mi aveva accolto.

Venne subito al sodo.

"Volevo spiegarti la situazione della Vanna."

Proprio in quel momento la ragazza uscì dal bagno in un lungo accappatoio rosa, con i capelli umidi. Mi mostrò il dito medio della mano destra, accompagnando il gesto con l'esibizione di tutta la lingua, e si infilò nella sua camera.

"Saprai," riprese la Glò, "che la Vanna è cresciuta in Francia. Ci è pure nata. In Francia, a Parigi, ha fatto le scuole, dalla prima elementare, a parte una breve parentesi americana..." Si interruppe per emettere un drammatico sospiro. "Qui a Milano l'ho iscritta al Leonardo, il liceo scientifico, al secondo anno. Non si può certo dire che sia partita bene. Diciamo pure che i primi compiti in classe sono andati da schifo e se continua così la bocciano. In pratica, se la cava solo in francese. Ho pensato, dunque, di iscriverla alla scuola francese di Milano. Mi sono anche informata. Ma, uno: è lontana. Due: costa una fortuna. Manco fosse Harvard! Niente, allora. Resterà al Leonardo. Perciò, le occorrono ripetizioni di tutto. Marcello mi ha detto che ti sei laureato in Lettere. Te la sentiresti di seguire la Vanna in italiano e in latino? E quando dico 'seguirla' intendo dire che ci vogliono tre, quattro ore al giorno. Un'altra domanda: quanto prendi?"

Pronunciate le ultime parole, puntò la matita sul quadernino.

La Vanna schizzò fuori dalla camera, in mutande e canottiera, e berciò che lei, *putain*, non voleva nessuna ripetizione.

"Tu stai zitta!" urlò la madre con tutto il fiato che aveva in gola, quasi volesse sfruttare anche quell'occasione per dimostrare al mondo la potenza della sua voce. "E asciugati i capelli!"

La Vanna sbuffò un altro "*putain*" e si richiuse in camera.

"Non ti preoccupare di lei. Vedrai che la convinceremo. D'altra parte, con il casino che ha combinato il padre, che testa potrebbe avere per lo studio?"

Mi sentivo confuso e divertito. Tutto mi sarei aspettato tranne una proposta di *collaborazione*.

"Non so se ho tempo..."

"Prima parliamo dei soldi," replicò la Glò. "Il tempo poi si trova. Il tuo amico intercederà."

La sorte mi stava offrendo un'occasione. Forse una *grande* occasione.

Favori, certo, non avevo alcuna voglia di farne a quella donna malvagia. Né tanto meno avevo voglia di aiutare la Vanna a migliorare il suo rendimento scolastico. Per me potevano bocciarla già l'indomani. Però era presupponibile che, accettando, sarei entrato nelle grazie di entrambe e, prima o poi, avrei ottenuto il permesso di portare via Titus. Nel frattempo, avrei avuto modo di vigilare costantemente sulla sua incolumità.

Decisi di accettare, pur sentendo un profondo disgusto al pensiero di legarmi alla Glò e alla Vanna; di mettermi addirittura al loro servizio.

Fui lì lì per dire che soldi non ne volevo; che ero amico di Marcello e appunto per amicizia avrei dato quelle lezioni. Fra l'altro di soldi non avevo bisogno. La paga mensile che mi corrispondeva la mamma bastava a coprire tutte le mie spese – vestiti, libri, cibo. Però, l'antipatia che avevo verso la Glò prevalse e mi spinse a chiedere un compenso – un compenso salato: venticinquemila lire all'ora, quanto prendeva un buon professionista.

Le sue guance esangui si colorarono.

"Stai scherzando! Non costa così tanto neanche un maestro di musica! E poi ti sei appena laureato. Facciamo quindicimila lire al giorno," e si mise a scrivere sul taccuino. "Ovvero settantacinquemila alla settimana; anzi, settantamila, per arrotondare."

Accettai senza protestare o tentare di protrarre minimamente la negoziazione.

"Ottimo," disse soddisfatta. "Vogliamo cominciare?"

"Quando?"

"Ma adesso!"

"Adesso?!"

"Adesso, sì, che c'è di strano." E, teatralmente, chiamò la figlia. "Vanna! Vieni un po' qua. Fa' vedere a Sergio la versione di latino che ti hanno assegnato per domani..."

La Vanna non la degnò di una risposta. La madre si alzò spazientita e abbassò la maniglia.

"Apri, per la miseria! Quante volte ti ho detto che non ti devi chiudere dentro a chiave?"

E l'altra:

"*Laisse-moi tranquille, putain!*".

La Glò gettò la spugna.

"Meglio domani. Così si organizza. Tra un po' è anche ora di cena. Ti fermi? Allora ci vediamo in sala da pranzo. Ines!"

La Ines mi riaccompagnò per un pezzo. Prima di salutarmi, accostò la bocca al mio orecchio e mi assicurò che quelle settantamila lire settimanali non le avrei mai viste. Madame – e la voce si abbassò in un sussurro – era *la primera de las mentirosas*!

*

La Romi era fuori. Signora assoluta della serata, la Glò si abbandonò all'allegria. A me si rivolgeva con affabilità, addirittura con familiarità, grazie anche all'effetto del barbera, di cui si scolava un bicchiere dopo l'altro, e si informava sulla mia vita. Marcello, eccitato, raggiante, integrava le minime informazioni che fornivo con complimenti iperbolici. Ripeteva in vari toni di voce, sempre più alti, affinché la Glò lo stesse a sentire, che io ero un genio delle lingue classiche. Non solo: scrivevo poesie stupende. E la Glò, intrecciando le dita:

"Ma bene... Il figlio di un salumiere che scrive poesie! Straordinario... Impara da lui, Vanna, da un figlio del popolo!... Senza l'impegno non si va da nessuna parte. Tuo padre, quel grandissimo figlio di puttana, ne è la prova. Tu niente, l'opposto. Tu sei una smidollata, una viziata... Io, almeno, sposando Marzio, sono andata contro tutto... Ho rischiato tutto, come se fossi nata in una famiglia operaia!".

La Vanna, anziché sbuffare, mi sorrise. Per sfottermi? Probabile. Probabile anche che, da quella titanica opportunista che era, cominciasse a considerare i vantaggi che avrebbe tratto dall'avere un precettore: i compiti non sarebbero più stati una preoccupazione; li avrei fatti io per lei.

"Recitaci una tua poesia," mi invitò la Glò, mentre ordinava alla Ines con il sollevamento ripetuto del sopracciglio di portare in tavola l'insalata e il gorgonzola.

Dissi che non ne conoscevo nessuna a memoria.

"Aspettate," intervenne Marcello.

E corse a prendere il manoscritto che gli avevo consegnato ad Albenga.

Nonostante non fossi per nulla abituato a recitare in pubblico le mie poesie – quello, anzi, era il mio debutto –, ne lessi parecchie. La Glò insisteva perché leggessi versi d'amore. E io, poiché ne avevo composti anche troppi, l'accontentavo.

"Bravissimo!" si complimentava.

E batteva le mani.

"Ma si capisce tutto," si lamentò la Vanna. "Che roba è?"

"Appunto!" approvò la Glò. "La chiarezza! Nessuno sa più che cosa sia. L'arte, la *vera* arte, è chiarezza! *Il sentimento è chiarezza!* Solo chi non è artista e chi non vive il sentimento ricerca l'oscurità. Prendi i grandi cantanti d'opera: quando cantano loro, si capisce ogni singola parola, ogni sillaba. Ci sono cantanti che riescono a pronunciare la vocale 'i' anche con il do 5. Quella è bravura! La frase pulita, che fila via, senza nascondere la profondità della pena sotto chissà quali vaghezze vocaliche... Nella poesia di Sergio c'è tutto questo – una grande sensibilità. Sergio è un romantico! Scommetto che ti piace Leopardi..."

Gli elogi della Glò mi gratificarono, devo ammetterlo. Quella sera mi parve di essere diventato davvero poeta. Quella sera avevo preso un'altra laurea.

E Marcello gongolava, come se avesse passato lui un esame.

Errori

Chi te l'ha fatta far!

Don Pasquale, *Don Pasquale*

Facevo scuola in una saletta periferica. Intanto, nel quartierino, la Glò prendeva pure lei lezione. I suoi trilli, le sue messe di voce e i suoi passaggi di agilità attraversavano i muri. E pure i battibecchi con il maestro Biagini. "Le fauci! Le fauci, signora!" le urlava lui. Oppure: "Stappare, signora! Stappare quella bottiglia!", quando le parole le uscivano dalla bocca poco distinguibili. La Glò si dimostrava scarsa in qualunque prova. Strisciava gli attacchi; interpretava male il senso delle frasi; abbelliva a casaccio; non andava a ritmo; non sorrideva quando bisognava sorridere; non immascherava; non legava. "A lei non va mai bene un cazzo!" rimproverava il maestro. "Io abbellisco come mi pare, ha capito? O che artista sarei? Io devo piacere a me!" E lui, con santa pazienza, a dirle che gli abbellimenti devono avere una loro necessità; che così insegnava già Bellini... "Disciplina, ci vuole... Disciplina! Verdi prescriveva una lunga preparazione anche per lo studio dei brani più semplici. La mia amica Kabaivanska, l'ultima grande donna del canto, è capace di studiare una frase per giorni e giorni... Si figuri che, pur amando *La traviata* sopra qualunque altra opera, ha deciso che non la canterà mai in pubblico fino a che non avrà saputo cantare alla perfezione certe quattro battutine, che pure non riescono a nessuna, nemmeno alla Callas... Non la canterà mai! Questa è disciplina...

E lei, signora, pretende di cantarmi tutta la storia della lirica in un pomeriggio!" La Glò non ci sentiva. A lei importava la varietà, lei si sentiva versatile. "La Freni che cosa sta facendo?" ribatteva. "Dopo tutto quel bel canto si è buttata su Verdi..." Citava la Freni, ma in mente aveva la nemica, che poteva cantare con uguale perfezione Bellini, Verdi e perfino Wagner. "E la sofferenza?" sospirava il vecchio maestro. "Dov'è la sofferenza? Io non la sento... Il dolore straziante!" E ripeteva la frase in falsetto, con l'aggiunta delle lacrime necessarie. "Così! Ha capito? Le parole non le creda solo parole, *clichés*, occasioni per le corde vocali! Sono invece pezzi d'anima, sono discorsi interiori... Ah, ma si capisce che lei, signora, mi permetta, non ha mai sofferto veramente!"

Titus era con noi per l'intera durata della ripetizione, disteso sul tappeto. Ogni tanto si drizzava sulle zampe anteriori e lanciava un ululato. Però, un mio "zitto!" – libertà che stranamente non mi veniva contestata dalla padrona – bastava a tranquillizzarlo all'istante. Poi trotterellava verso di me e mi leccava le mani; e riprendeva soddisfatto la posizione di prima.

La mia allieva era un disastro. Avessi potuto sgridarla anch'io come il maestro Biagini sgridava la Glò! Non capiva niente. Né si preoccupava di capire niente. La madre, almeno, un po' di stoffa ce l'aveva. Lei no, neanche un briciolo. Senza dubbio, oltre che svogliata e distratta, era pure sprovvista delle più elementari abilità logiche e deduttive. Non sapeva ragionare, collegare, riconoscere. Pensava ad altro? Difficile dirlo. Io avevo la netta sensazione che lei non pensasse affatto e fosse abitata, anziché dai pensieri, dalla rabbia, che la rendeva incapace di trasformare alcuna informazione in un possesso permanente della memoria. Odiava la madre con tutta se stessa e, quando ne parlava male, si illuminava. In quei momenti assumeva perfino un'espressione arguta (merito anche degli occhi celesti), uno sguardo attento e consapevole.

"Senti!" diceva con scherno, mentre la voce della Glò riecheggiava per la casa. "Non si vergogna? È orrenda. *Quelle horreur!* Se la sentisse mio padre!"

Del padre era innamorata. Teneva una sua foto nel portafogli: Marzio Giuffrida vestito da Calaf.

Voleva sapere che cosa pensassi di lui. Dissi che lo trovavo molto bravo. Per paura di irritarla e di tradire Marcello, non le dissi che lo avevo conosciuto di persona.

"Molto bravo e molto bello," precisò. "*Ma mère, elle est si moche!*"

Marzio era decisamente più bello della moglie. Sembrava pure molto più giovane di lei. Una strana coppia. Uomini così ci si aspetta che sposino donne divine. Forse lui aveva guardato alla sostanza; o meglio, *alle sostanze*. Infatti, come avevo appreso, Marzio era figlio di povera gente, siciliani, e negli anni della gavetta era stato mantenuto da lei. O forse la Glò, meriti spirituali e materiali a parte, era carina e attraente quando si erano incontrati, molti anni prima. Ora aveva l'aspetto di una matrona appassita, che poteva ricordare, nonostante la considerevole differenza d'età, la Colette dell'ultimo disfacimento. Pareva davvero, forse per il pallore della sua larga fronte e per il colore esangue delle labbra e anche per la non copiosa chioma, che un velo di polvere avesse avvolto tutto il suo essere. L'abbigliamento scuro, poi, che serviva a snellirla, aggiungeva una nota luttuosa. La Glò incarnava in forma esemplare il declino. Eppure lei si acconciava come si acconciava con l'evidente intento di dissimulare i segni del tempo, ovvero di trasformare i suoi crescenti difetti fisici in una forma di fascino sospeso. Come dire? *Si impersonava.*

Le ripetizioni non impegnavano la Vanna nel benché minimo grado. Le traduzioni dal latino, i temi di italiano, gli esercizi di grammatica inglese, le ricerche di geografia e di storia erano affar mio. Lei si limitava a scrivere quel che io le dettavo. Per risparmiarsi anche una fatica così lieve, avrebbe tanto voluto che io imparassi a imitare la sua grafia. Non sarebbe dispiaciuto neanche a me: se avessi scritto io al suo posto, non mi sarei dovuto sottoporre all'ulteriore tortura di controllare la correttezza del dettato. Quanti errori! Era scadente perfino lì. Se le rimproveravo la distrazione, subito si incarogniva. E siccome mi serviva la sua benevolenza, intervenivo con una certa diplomazia. A matita sottolineavo tutto quello che non andava, senza perdere la calma, mentre lei si avvolgeva una ciocca di capelli intorno all'indice e si guardava intorno, aspettando che io concludessi il *mio* lavoro.

La disprezzavo, ma non lasciavo trasparire alcuna passione. Lei, per nulla sconfortata, del tutto indifferente di fronte allo spettacolo della sua inettitudine, poi applicava il bianchetto. Quell'operazione la gratificava non poco. Le piaceva cancellare, obliterare; era il suo gioco. Poi riscriveva sopra. Il più delle volte ripeteva l'errore pari pari. A lei premeva che io l'aiutassi a riempire qualche pagina. Nulla di più. Che importava che quel che scriveva per mia volontà avesse un senso? Capitava che le chiedessi di riassumere. Non sapeva da dove cominciare. Lanciava occhiate vacue per il foglio e balbettava cretinerie che lei stessa non capiva. Infatti, alla mia domanda "Che cosa hai detto?", non sapeva ripetere. La frase appena pronunciata le era già uscita dalla mente.

Gelosia

E sì poca creanza [...].

Taddeo, *Il re Teodoro in Venezia*

Dovevo parlare con sua madre. Dovevo mettere le mani avanti, prepararla all'eventualità della bocciatura, che per me era già impressa nel libro del destino a lettere di fuoco. Un pomeriggio che la Vanna era dal dentista, con tutto il tatto di cui ero capace le dissi che la ragazza stava incontrando serissime difficoltà: molte, troppe.

"Non si concentra..." fu la risposta della Glò. " E quale ragazza si concentrerebbe dopo aver ricevuto il benservito dal padre? Lo sai, no?"

"Non so niente," mentii. "Che cosa dovrei sapere?"

"Come!" si scandalizzò. "Ne sta parlando mezzo mondo! Marcello non ti ha raccontato niente?" E aggiunse, con un ghigno allusivo: "Pensavo che foste intimi...".

Finsi di non cogliere l'insinuazione.

"Non ci capita spesso di parlare dei fatti degli altri..." mi giustificai.

Lei, a sua volta, non si lasciò provocare.

"Poco importa. Adesso te lo racconto io quel che Marzio Giuffrida ha combinato a moglie e figlia..."

E ascoltai la storia che già conoscevo.

Però, qualcosa di nuovo lo appresi, qualcosa che Marcello si era guardato bene dal riferirmi e che complicava a dovere la fin troppo facile trama di quel drammuccio coniugale: la Adamova avrebbe presto dato un figlio a Marzio.

"Marcello lo sa?" mi accertai.

"Certo che lo sa! In questa casa lo sanno tutti, che domanda! Lo sa anche la commessa della Rinascente!"

Faticai a mantenere la calma. Dovevo offendermi per l'ipocrisia del mio amico o compatirlo?

"Sergio, forse tu non l'hai ancora capito: io sono una donna distrutta."

Abbassò la testa e singhiozzò. Due pesanti lacrime le caddero sui seni, una per parte. Contemporaneamente, dietro la porta di servizio, echeggiò un latrato malinconico. Poi si udì il suono duro di unghie trascinate sul legno.

"Povero Titus! Forse è meglio che lo lasciamo entrare," proposi.

Lei sollevò la testa di scatto e si passò il dorso della mano sulle guance umide.

"Tu sei pazzo! Vuoi che venga a cagarti sui piedi? E poi è scemo. Scemo e stronzo."

E lasciò che Titus continuasse ad abbaiare e a raschiare sulla porta.

"Sai perché sono distrutta?" riprese, ormai decisa ad aprirsi. "Non per le corna. A quelle mi sono abituata assai presto. Ne ho fatta una pila di trofei!... E neanche perché Marzio mi abbia lasciata. Tanto so che prima o poi ritornerà da me. 'Io con sicura fede l'aspetto...' Io gli servo! Capisci? Io l'ho reso quello che è. Sono la sua identità; a me non può rinunciare... La troia russa è solo un capriccio (per questo è stata la più grossa scemenza metterla incinta, mica ce n'era bisogno). Io sono distrutta," e il suo volto assunse un'espressione perfida, "perché mi manca il suo cazzo."

Si alzò dal trono-sgabello e cominciò a camminare per il boudoir.

"Non mi fraintendere... Per me il cazzo di Marzio non è solo un pezzo di carne, per quanto stupendo. È Marzio stesso, la sua essenza virile, la sua potenza vitale, che mi ha fatto gridare di piacere ogni volta. Ogni volta, Sergio! Lo capisci? Io stessa, all'inizio, non potevo credere alla mia fortuna. Marzio era bellissimo, sì. E ancora lo è. Tutte le donne me lo invidiavano. Ma Marzio – ah, quanto di più mi avrebbero invidiata se avessero potuto spiarci in camera da letto! – era, prima di qualunque cosa, un animale. Io, senza quell'animale che mi entra dentro e mi fruga e mi raspa e mi sonda, davanti e di dietro, non so più vivere. Io, senza il cazzo dell'animale, ho schifo della vita. Ecco perché sono distrutta... Vanna, poveretta, capisce che non sono più la stessa. E mi disprezza. I figli vogliono che i genitori siano sempre in forma perfetta. Ecco perché, nonostante il tradimento che ha subìto, lei ama ancora quel farabutto del padre – perché lui sta da dio... Sergio, tu devi aiutarla. Io da sola non credo di riuscirci. Il suo odio ormai mi avvelena. E il poco di salute che mi resta io lo devo dedicare all'esercizio della mia voce. Io devo annientare quella puttana che me l'ha portato via. Questa è ormai per me la mia unica ragione di vita! Rivoglio il cazzo che mi appartiene!"

Terminata la cavatina, si lasciò cadere sul suo seggio.

Approfittando di quel momentaneo inebetimento, sgusciai via dalla porta di servizio e con Titus scesi in giardino ad aspettare il ritorno della Vanna.

Faceva freddo. Raccolsi un ramo secco da terra e glielo tirai. Lui lo lasciò cadere. Ripetei il lancio varie volte, ma Titus per i rami non si dimostrava altrettanto portato che per la pallina. Sembrava che lo interessasse di più la perlustrazione olfattiva del giardino. Portava il naso lungo i profili delle aiuole, tra le pietre, negli angoli dei muri. E mi voleva vicino. Appena mi allontanavo, mi richiamava con un abbaio stentoreo.

La Vanna tornò e, vedendomi con il suo cane, fu presa da uno dei suoi attacchi isterici.

"E a te, *putain*, chi ti ha detto di portare il mio cane in giardino? O mia madre ti paga anche per questo?"

Dissi che stavamo aspettando lei.

“Va’, Titus,” lo incoraggiai.

Lei dovette chiamarlo diverse volte prima che si muovesse. Davanti alla scala si fermò, come se i gradini rappresentassero un ostacolo insormontabile. Spazientita, Vanna lo prese in braccio e spinse con una spallata il vecchio portone.

La mia antipatia per lei, quella sera, mise radici inestirpabili. Per salvarla dalla bocciatura non avrei mosso un mignolo. E mi sarei impegnato tanto più appassionatamente per toglierle Titus.

Invece, non senza vergogna, quella stessa sera, una volta rientrato in caserma, mi ritrovai a considerare che i miei sentimenti verso la Glò erano migliorati. Senza dubbio continuavo a reputarla una donna maligna e inaffidabile, un’esaltata, una ruffiana. Eppure, all’improvviso la trovavo – mi rincresce ammetterlo ancora dopo tanti anni – *simpatica.*

III

La missione di Marcello

Così del mio dolor gioco ti prendi?

Donna Elvira, *Don Giovanni*

Marcello aveva fatto credere al comandante della caserma che gli occorresse consultare un certo omeopata francese. Ovviamente non ebbe alcuna difficoltà a ottenere il permesso per l'espatrio – cosa vietatissima a chi prestava il servizio militare – e all'inizio di dicembre partì per Parigi.

Combattuta tra speranza e sfiducia, mal sopportando di aver messo la sua sorte nelle mani del disprezzato nipote, la Glò si sfogava sul mio Titus. In quel periodo, il poverino le risultava tanto più molesto. Da qualche parte, nelle vicinanze, doveva trovarsi una femmina in calore. Lui saltava sulla poltrona, appoggiava le zampe anteriori sul davanzale e, puntato il muso contro l'impenetrabile vetro, infilava una successione di strazianti lai, qualcosa tra la serenata e il pianto funebre; un'ennesima variazione del dramma di Ero e Leandro. Alla Glò venivano in mente paragoni meno letterari: "Mio marito è uguale. L'odore di figa lo riconosce anche a un chilometro di distanza".

E, sadica, lo trascinava per il guinzaglio in una stanza lontana, come se così punisse il dongiovannismo di Marzio.

"Dovrei solo ammazzarlo, 'sta schifezza di cane. Prima o poi lo faccio, giuro."

In quei giorni si esercitava nell'esecuzione di "Caro nome". Il maestro la accusò di non pronunciare bene, dopo la scaletta ascendente, "A te volerà". La Glò gliene disse di tutti i colori, dopo di che venne a cercarmi nella stanzetta delle ripetizioni. Pretendeva che risolvessi io la disputa. Il povero Biagini mi guardava pietoso. E io ricambiai come potei, con un sorriso veloce e timido, la mia solidarietà. La Glò ricantò l'aria. Quindi, convinta, mi domandò:

"Allora lo dico o non lo dico quel cazzo di 'A te'?".

No che non lo diceva. Vedendomi incapace di fornire una qualunque risposta, ricantò l'aria diverse volte. Ma per quante volte ripetesse, io udivo puntualmente gli stessi suoni. Cioè un "aà aà aà...". Nessuna "t", nessuna "e". Il maestro aveva ragione.

Esasperata, lei mise su la registrazione della nemica. Tutti e tre ascoltammo con la massima attenzione. Quella sì che pronunciava tutto! Uno slancio così nel fraseggio la Glò se lo sognava!

"Be'?" concluse.

Per fortuna, anzi, per il provvidenziale intervento della sua vanità, non mi lasciò il tempo di rispondere e io, sollevato, tornai ai compiti della Vanna. Loro continuarono a litigare fino alla fine del pomeriggio.

*

Dalla Francia arrivavano notizie tutt'altro che confortanti. Marzio non voleva saperne di riconciliarsi con la moglie, e nemmeno di incontrarla. A Natale, tutt'al più, avrebbe accettato di rivedere la Vanna.

La Glò, come c'era da aspettarsi, se la prendeva con l'ambasciatore.

"Sei un imbranato, per la miseria!" sbraitava al telefono. "Marzio ha sempre avuto stima di te; per lui sei come un figlio. Cazzo, digli che si sta comportando da stronzo, che non può trattare sua moglie e sua figlia come due merde...” E recitò, passandomi la cornetta: “A questo eccesso è giunta la mia sorte tiranna: deggio chiedere aita a chi m’inganna”.

Pretendeva che incitassi il mio amico a svolgere la sua missione con maggiore impegno.

Marcello, per nulla dispiaciuto, mi confidava che la Glò poteva scordarselo di tornare con il marito. La Adamova era un gran pezzo di donna; i due stavano proprio bene insieme. E Marzio – ecco quel che a Marcello sembrava importare più di qualunque cosa – con lui era un tesoro, carino e affettuoso. Gli aveva perfino promesso di coinvolgerlo in una regia della *Medea* di Cherubini. Ero pronto a offrire la mia consulenza mitologica?

“Non ho nessuno su cui contare, Sergio,” si compiangeva la Glò con me, il suo nuovo amico, mentre la Vanna, in un tinello, guardava la televisione. “Nemmeno mia figlia mi sostiene. Alla fine lei è contenta di questa separazione. Così ha un motivo di più per odiarmi; e di tenersi il padre tutto per sé. Io non posso ridurmi a piatire la sua intercessione. Comunque, me la negherebbe e il suo disprezzo aumenterebbe. Ah, abbiamo sbagliato tutto con quella figlia! L’abbiamo avuta tardi, dopo dieci anni di matrimonio. È così capricciosa e antipatica perché l’abbiamo adorata. Bella, era bella, però noi l’abbiamo trasformata in un idolo. Marzio più di me. E lei, fin da piccolissima, ha approfittato di noi. Esprimeva un desiderio e noi ci precipitavamo ad accontentarla. Se rivolesse indietro suo padre, lo chiederebbe. *Lei sa chiedere.* Invece, non chiede. Sai perché? Per fare un dispetto a me!”

La frustrazione e la rabbia le annodarono la gola. Il maestro aveva un bel gridare: “Le fauci! Le fauci!”. Niente. Addio Gilda! Perfino la nota più facile si rifiutava di uscirle di bocca.

Le lezioni furono sospese e la Glò consacrò i suoi pomeriggi all’ascolto ossessivo dei dischi della rivale. Dimentico della Vanna, la quale comunque a me non badava – che spiegassi, dettassi o, che so, mi grattassi la testa –, io porgevo l'orecchio alla voce della sirena. "O mio babbino caro", "Sì, ferite: il chieggo, il merto", "Dal soggiorno degli estinti", "Ah, je veux vivre", "Caro nome"... Che canto sopraffino! E, godendo, soffrivo, perché non potevo assorbire tanta dolcezza da una distanza minore. Lo stesso, a poco a poco, la forza di quella voce attraversava ogni ostacolo e penetrava in fondo al mio cuore; e la gioia aveva la meglio sui palpiti della sofferenza, compresa la pietà che inevitabilmente mi suscitava il pensiero della cantante fallita, illusa di innalzarsi a simili vette.

Avrei mai incontrato la "troia russa"?

Una donna disperata

[...] muto si spande intorno
un sepolcrale orror.

Pollione, *Norma*

Marcello tornò da Parigi in tempo per la prima scaligera.

Quest'anno si partiva con *Aida*, una delle opere della Callas messicana, cioè una delle prime fulgide attestazioni del suo genio vocale e drammatico... Per giorni confrontò i "Numi pietà" di Maria Chiara con quelli della divina. Non si rassegnava. Nessuna l'avrebbe mai uguagliata. Quel legato! Quella libertà ritmica, con corone sul la bemolle di "tremendo", sul la bemolle e sul sol di "Ah, pietà!" e sul si bemolle dell'ultimo "soffrir!". E quella prodezza nella seconda scena del secondo atto! Invece di eseguire la conclusione scritta della scena del trionfo, lei aveva volato un'ottava sopra e sostenuto a piena voce un mi bemolle sovracuto per quasi tutta la durata del postludio orchestrale. La Callas, con l'aggiunta di tale nota, dimostrava di aver capito perfettamente la natura circense dell'operaccia verdiana! Hollywood veniva da lì, in fondo...

*

La Glò, visto il fallimento della missione, non gli rivolgeva più la parola.

Più saldo ancora, invece, diventò il legame tra Marcello e la Vanna. Poiché aveva incontrato suo padre, lei adesso lo voleva vicino durante le nostre ripetizioni, come se Marcello fosse di Marzio una diretta emanazione. Senza di lui neanche si metteva al tavolo. E se Marcello aveva da fare nello studio, lo raggiungeva lì e lì restava, buttata sul divano, mentre io sottolineavo i numerosi errori di ortografia che lei aveva commesso nella copiatura del tema di italiano. Se denunciavo alla madre il suo assenteismo, quella, anziché sgridarla e imporle un po' di disciplina (e rispetto per il precettore), approfittava della situazione per venire a sfogarsi con me.

"Va sempre peggio, Sergio," mi frignava sulla spalla. "Non mangio più."

Però io non notavo traccia di dimagrimento, solo un'intensificazione del pallore.

Mi mise davanti alcune fotografie ingiallite: una giovane donna in una lunga veste bianca.

"Io come Lucia," mi spiegò con orgoglio. "Non ero bella?"

"Bella, sì," le dissi per cortesia.

"Tu, Sergio, credi che ce la farò?"

"Certo che ce la farai..."

Rise con amarezza; e il riso echeggiò da profondità lugubri.

"Sapessi com'è dura, Sergio. Durissima! Non pensavo che si potesse stare tanto male. Non auguro a nessuno quel che sto passando."

Improvvisamente ispirata, con le narici frementi, intonò a bassa voce:

> Verranno a te sull'aure
> i miei sospiri ardenti,
> udrai nel mar che mormora
> l'eco de' miei lamenti...

Quindi, tornando bruscamente al parlato, tuonò:

"Quel miserabile di mio nipote! Quel verme! Mi sono fidata di un esserino... Che ingenua! Dovevo immaginarmelo che avrebbe raggirato Marzio con le sue moine. Chissà che cosa gli avrà detto di me... Chissà quanto hanno riso alle mie spalle, con la troia russa! Marcello è un doppiogiochista. Del mio dolore non gli fregava niente. Lui è andato a Parigi per arruffianarsi lo zio... Tu, Sergio, che cosa pensi di mio nipote? Avanti, dimmelo! Sono curiosa... Tu sei migliore. Che importa se sei cresciuto tra i salumi? Tu sei la prova vivente che le classi, ormai, non contano più niente. Un po' come Marzio, d'altra parte. Un genio della musica che ha avuto per genitori un imbianchino e una lavandaia, e per di più siciliani! Di Aci Trezza, il paese di quegli sfigati dei Malavoglia... Sai che scandalo per la mia famiglia quando lo sposai! Mia madre, una snob che non ti immagini, manco venne al matrimonio. Mio padre per fortuna era già sottoterra. Vedi, io il talento lo riconosco. Tu ne hai. Tu sei un poeta. Uno come te non può, non *deve* essere amico di un *fasullo* come mio nipote... Non credi anche tu che gli piacciono gli uomini? Si è innamorato di te? Avanti, dimmelo, se lo sai. Parla, siamo amici... Mica sarai pure tu finocchio? Tu ce l'hai una ragazza, no?".

Quelle domande mi mettevano in una posizione scomodissima, che non avevo affatto previsto. Se avessi parlato in favore di Marcello, come sentivo di dover fare, sarei di certo incorso nelle ire della Glò, cosa che andava evitata per due ragioni: uno, perché davvero ormai nutrivo affetto per lei e, dunque, mi spiaceva contrariarla; due, perché non avevo dimenticato che la sua simpatia mi era necessaria per toglierle Titus. Ma se dicevo la verità...

Traccheggiai. E questo bastò a cavarmi d'impaccio. Alla fine, io avevo bisogno di lei tanto quanto lei aveva bisogno di me. Dunque, non occorse rispondere. Lei, però, mi guardò con una nuova luce negli occhi, come se avesse scoperto un segreto imbarazzante e insieme al segreto si fosse affacciata alla sua coscienza la lucida volontà di dimenticarlo all'istante. E concluse in modo felice per entrambi:

"Io ho sempre pensato che Marcello fosse innamorato di Marzio, fin da bambino. Come dargli torto? E non mi risulta che abbia mai avuto una ragazza, anche se finge di apprezzare tanto la bellezza femminile. I migliori *couturiers*, d'altra parte, sono tutti froci. A ogni modo, fatti suoi... E ora, per piacere, portami Titus giù in giardino a cagare".

Natale in famiglia

Gnomo!

Pistola, *Falstaff*

La mattina di Natale, dopo una notte di guardia, tornai a casa.

Quanto avrei dato per restare a Milano! Avrei giocato con Titus, sarei andato al cinema con Marcello, avrei scambiato qualche chiacchiera con la Glò. Magari le avrei anche chiesto di cantarmi qualcosa, tanto per tirarle su il morale. Povera Glò! La Vanna era andata a trovare il padre a Parigi e lei era rimasta a Milano ad angosciarsi.

Prima di mettermi a tavola, mi ritirai in camera e composi il numero di Marcello. Rispose una voce di donna, che non avevo mai sentito, roca e impastata. Chiesi di lui. Mi fu detto che era partito.

"Partito?!" mi stupii. "E per dove?"

"Richiami domani."

Allora la riconobbi.

"Gloria, sono Sergio," riuscii a dire prima che riattaccasse.

"Ah, Sergio, non ti avevo riconosciuto... Il tuo amichetto non c'è. Credo che sia andato dal padre a Torino o al lago... Ma adesso devo chiudere. Non vorrei mai che chiamasse la Vanna. Quella è capace che, se non dà libero subito, non riprovi più. E io sono qui come una cretina ad aspettare un segno. Beato te, Sergio. Dove sei? Dai tuoi? Non siete ancora a tavola? Chissà quante buone cose avrà preparato quella brava massaia di tua madre. Li ha fatti i tortelli? Io li adoro. Una volta me la porti qui e la mettiamo all'opera. Sai che non mangio da una settimana? Sto così di merda. Ah, vuoi sentire l'ultima? Quello schifoso di un cane – meriterebbe di essere chiamato bastardo se non fosse uno spitz finnico di razza purissima, pagato un'esagerazione – non mi ha mica morso? Ieri lo porto giù in giardino e – non so che cazzo mi è saltato in mente, guarda a cosa ti riduce la disperazione – gli lancio la palla. Hai notato che quel cane è completamente cretino? Tu gli lanci la palla e lui la va a cercare a tre metri di distanza. Gliela lancio due, tre, quattro volte; alla fine perdo la pazienza. Lo prendo per il collare e lo trascino fino alla palla. Lui continua a guardare da un'altra parte. Allora gli premo il muso sulla palla e lui anziché mostrarsi minimamente collaborativo – a me della palla che cazzo me ne fregava, tutta questa manfrina l'avevo messa in piedi per lui, non certo per me; e poi raccontano che i cani capiscono se i padroni sono tristi..."

Mia sorella spalancò la porta della camera e mi disse che erano già a tavola e il papà si stava innervosendo. E a bassa voce aggiunse:

"Dài, sbrigati, neanche ti puoi immaginare con chi si è presentata la Lidia!".

Con la mano le risposi che pazientassero ancora un minuto.

"Capito?" continua la Glò. "Un male, un male che non ti posso dire... Mai aveva osato tanto. Mai! Anche il cane mi si è ribellato, Sergio. Anche il cane! La Ines ha chiamato subito il medico. Per fortuna non c'è stato bisogno dell'iniezione antirabbia. Comunque, le dita della mano destra non le sento più. Proprio la destra, per giunta! Sarà anche perché gliene ho date tante, ma tante... Mi si è pure spezzata un'unghia. Bene, buon appetito."

E riaggancia senza lasciarmi il tempo di replicare.

Quando entro nella sala da pranzo, mi rimbombano nelle

orecchie i guaiti del povero Titus che cerca di sottrarsi alla furia della Glò; e davanti agli occhi ho la sua immagine sofferente e umiliata.

*

La Lidia era una cugina della mamma, che veniva a pranzo da noi solo il giorno di Natale, da quando era rimasta vedova. Con i figli aveva chiuso. Con tutti, in pratica. Solo una persona buona e paziente come mia madre riusciva a reggerla. Pur essendo una semplice maestra di scuola elementare, aveva sempre trattato la mia famiglia, anzi, il mondo intero, con inspiegabile supponenza. Lei considerava chiunque un perfetto *deficiente.* Siccome aveva un forte accento cremonese (mia madre invece l'aveva perso), la seconda "e" di "deficiente" la pronunciava aperta, molto aperta, che quasi suonava "a"; e la "f" la raddoppiava per enfasi. Insomma, diceva "defficiante".

"Sergio, ti presento il mio moroso... Arturo Tosi..."

Sulla faccia aveva stampato un sorriso semplice e gioviale che non si era affatto abituati a trovarvi.

Il moroso era un nano. Sì, proprio uno di quegli omettini che si incontravano nei circhi, con il testone e le braccia corte.

Per tutta la durata del pranzo la mia famiglia fu preda dell'imbarazzo. La Carlina mi lanciava occhiate furbesche e rideva nel piatto. I miei non riuscivano a parlare d'altro che di quel che ci stavamo mettendo in bocca. Mio padre raccontò per filo e per segno come avesse preparato la mostarda di mele cotogne, il *bisulàn* e la pattona. Mia madre, che aveva cucinato i piatti principali, spiegò il ragù con le salamelle e l'impasto degli agnolini e illustrò con dettagli tecnici da professionista il bollito misto e il cospettone con la polenta.

I due fidanzati, invece, imbarazzati non apparivano per

nulla. Mangiavano con appetito, scambiandosi ogni tanto una carezza, e ci parlavano dei cani.

"*Dieci!*" sottolineò la Lidia, spingendo avanti le palme aperte. "Sono diventati *dieci*! Per l'Arturo sono come figli... Vero, Arturo? Be', ormai lo sono anche per me... Molto meglio dei miei! I cani sono un esempio di libertà dai pregiudizi. Figuratevi che la Berta è completamente lesbica! Ma sì! Passa tutto il tempo a leccarla alle altre femmine. Non è vero, Arturo?"

L'Arturo annuì.

"Inoltre," riprese la Lidia, "l'Arturo non crede che il cane derivi dal lupo, vero Arturo? Che stupidata quella di credere che il cane vada educato come un lupo, e dunque piegato alla volontà del più forte! *Homo homini lupus*, non *canis cani!* Vero, Arturo?"

"Sì," confermò lui. "Io sono contrario alle punizioni. Il modo migliore per educare un cane è premiarlo per le cose buone che fa. Si deve insegnargli la bontà, la capacità, la collaborazione; mica punirlo per gli errori da cui il padrone non è stato capace di tenerlo lontano. Con il premio si ottiene tutto e non si snatura l'animale. Ognuno ha il suo carattere e i suoi gusti, proprio come gli uomini. Questo preferisce un certo cibo; quello ama dormire nella cuccia più vicina all'ingresso della casa; quell'altro passerebbe la vita a correre dietro agli uccelli; a quell'altro invece piace poltrire... Ma sono tutti uguali, alla fine, se il padrone è un buon padrone. Basta assicurare cibo, salute e amore in parti eque. E non si hanno disaccordi all'interno del gruppo."

"Fossero così tutti i cristiani," commentò la Lidia con aria soddisfatta. "Invece ci tocca vivere in mezzo ai *defficianti*..."

Bevvero il caffè e si congedarono.

"Scusate," disse il nano. "Ma dobbiamo rientrare. Occorre che facciamo far Natale anche a loro... A proposito, signora," domandò a mia madre, "non avrebbe qualche ossicino che le avanza?"

La mamma gli riempì una sporta.

Io li accompagnai alla macchina.

"Arturo, mi dica," gli chiesi, "lo prenderebbe un altro cagnolino?"

Mi sorrise.

"Io i cani non li ho mai cercati. Sono loro che cercano me. E se arrivano, mica li posso mandar via... Vuol dire che così deve essere. Un cane non è mai un invasore... Vieni a trovarci... Così vedi come siamo messi." E mi fornì le indicazioni necessarie per arrivare alla cascina. "Vieni anche domani..."

*

Nel corso del pomeriggio si parlò solo del moroso della Lidia. Più dello stesso nano, che era anche una persona a posto, sconvolgeva i miei il contegno della cugina. La mamma sosteneva che alla Lidia importava solo una cosa: avere un uomo alle sue dipendenze, piccolo o grande che fosse. Il marito, buon'anima, era un omone che non passava dalla porta, eppure accanto a lei spariva. Lei lo trattava come uno zerbino.

"Una vera faccia di tolla," diceva il papà.

Mia sorella sosteneva che, nella sua arroganza, la cugina della mamma non si rendeva neanche conto di essersi messa con un "endicappato". Non aveva tutti i torti, la Carlina. La Lidia Mariani era convinta di essere, comunque e sempre, superiore a tutti. Tutti eravamo, chi più chi meno, nani per lei. E chi poteva gratificare la sua presunzione meglio di un nano vero e proprio, che doveva guardarla dal basso per sua reale condizione fisica? Però, non era mai stata tanto affabile e gentile con noi...

E grazie a lei, forse, avevo trovato una via per liberare Titus...

Mulinelli

[...] quelle cose che han nome poesia.

Mimì, *La Bohème*

La mattina dopo, di buon'ora, presi la Giulietta del papà e feci visita alla comune canina dell'Arturo, che distava da casa nostra non più di una ventina di chilometri, in aperta campagna, vicino a un laghetto.

Gli animali venivano tenuti in un ampio recinto, per metà erboso e per metà brullo, punteggiato di alberelli. Le cucce erano addossate al muro posteriore della casa.

Loro li vidi solo da fuori, perché avevo fretta. Con mia grande sorpresa nessuno abbaiava. Lo dissi all'Arturo.

"E perché dovrebbero?" sorrise lui. "Capiscono che sei un amico..."

Gli parlai di Titus.

"Portalo," mi esortò.

Partii per Milano a tutto gas.

Avevo in mente di passare la notte alla villa, che Marcello fosse rientrato o no, e di consegnare Titus all'Arturo già la mattina seguente. La sera sarei rientrato in caserma.

Neanche per un istante presi in considerazione l'eventualità che la Glò non me lo avrebbe lasciato portar via. Ero certissimo, anzi, che avrebbe accolto la mia proposta con gioia, perfino con gratitudine. Non le toglievo forse un impiccio di dosso? L'assenza della figlia avrebbe reso tutto più semplice.

*

Come entro nel cortile della villa, percepisco un tintinnìo di maglie metalliche. Mi volto in direzione della magnolia e lo vedo.

È legato al tronco con il guinzaglio. Per l'emozione si scuote come un tarantolato, incapace di emettere alcun suono. Quando gli sono davanti, prova a spiccare un salto, ma il guinzaglio è troppo corto perché possa alzarsi dal suolo con le zampe anteriori più che qualche centimetro. Strangolato, riatterra mogio mogio. Allora emette un guaito, in cui risuona tutta la delusione del mondo. La mia mano lo sente dimagrito sui fianchi e sul dorso.

Deve esser lì da almeno due giorni, cioè da quando la Glò lo ha picchiato, come provano il pelo macchiato di fango e irrigidito dalla bassa temperatura, e gli stenti mucchietti di cacca depositati tutt'attorno.

Maledico la Glò e con le maledizioni mi escono alcune lacrime.

"Forza e coraggio, mio Titus," lo rassicuro. "Tra poco sarai libero. Ti porterò lontano da questo inferno, in un posto dove ti vorranno bene. Domattina. Della Glò non sentirai più parlare. Neanche di quella vergognosa vipera della Vanna... Quest'anno Babbo Natale è arrivato davvero. Ed è arrivato per te!"

Lui dimena la coda. Mi crede.

Lo slego e lui comincia a muoversi in cerchio, smarrito.

Prendiamo il vialetto, tra i vecchi platani, e arriviamo fino in fondo, dove non mi sono mai spinto. Giriamo dietro la villa. Il giardino continua. È molto più grande di quanto immaginassi.

In fondo troviamo una fontana di pietra. L'acqua è ghiacciata. Mi fermo a guardare le foglie intrappolate, che formano un mulinello immobile. Titus sporge il muso e lecca la crosta vitrea. E io, contemplando il colore del ghiaccio e gli spettri delle foglie, trovo un inizio di poesia:

La fontana nel gelo
Che non si muove all'aria
E più non specchia il cielo...

Non componevo un verso da molti mesi. Qualcosa, all'improvviso, sta accadendo in me. Non so bene che cosa. Una specie di felicità, credo.

Il freddo è intenso, ma mi siedo lo stesso sulla panchina di pietra, sforzandomi di non perdere la concentrazione. Titus, dissetatosi in qualche modo, viene ad accucciarsi accanto a me. La mia mente, che aveva trovato quelle parole senza fatica, si mette a cercarne altre. La fontana ghiacciata mi piace, mi affascina; sento che mi racconta qualcosa di importante, che racconta qualcosa *di me*!... Che cosa? E come esprimerlo? Non devo dire altro che quel che vedo e sento. Ma che cosa vedo e sento? Dentro di me è tutto confuso e fermo, proprio come quelle foglie nel ghiaccio... Capisco che non devo inventare nulla, è sufficiente che io non distolga lo sguardo, perché so che la cosa da dire è lì, sotto i miei occhi. E a poco a poco mi vengono queste parole:

La fontana di azzurro-
Verde vetro che varia
Al pallido sussurro

Di quest'ora invernale
Ed eterna le foglie
Morte e quello che sale

Affonda e quel che scende
Sostiene e tutto coglie
Nell'attimo e sospende...

Me le ripeto, queste parole in rima, più volte nella testa, affinché non si cancellino. Ma manca una chiusa. Manca la scoperta. Perché la fontana mi piace tanto? Che cos'ha di così significativo?... E, di colpo, dopo varie inutili invenzioni, con la stessa naturalezza con cui è nato l'attacco, ecco nascere la chiusa, che, come un'illuminazione, dà una risposta ai miei interrogativi:

La fontana che ha piene
Di memorie le vene;
Che dissolve le forme

A un tempo e le trattiene...
La fontana che dorme.

Io sono così – un grumo di presente e passato; un vortice bloccato; un sogno...

Pian piano, nel buio che si infittisce, ritorniamo sui nostri passi.

"Ora però ti devo legare di nuovo," gli dico davanti alla stessa magnolia da cui l'ho liberato. E gli bacio la testa. "Se ti lascio salire a casa, rischi di buscarle un'altra volta. Non solo. Finisce che la Glò si arrabbia così tanto con me che il nostro piano va a farsi benedire... Poi scendo e ti porto da mangiare. Capito?"

Sì, ha capito. Non si oppone alla mia mano che lo imprigiona un'altra volta. Si accuccia e sbadiglia.

Il giorno

Salvarlo io potrò, forse.

Leonora, *Il trovatore*

L'appartamento è immerso nella quiete. Nel salone le luminarie dell'alberello natalizio lanciano lampi spettrali. Di Marcello nessuna traccia. Neanche di sua madre. Cerco l'Antonia. La chiamo. Non c'è neppure lei. Sarà andata a far visita a qualche conoscente o parente, penso.

Cambio direzione e mi avvicino alla zona della Glò. Allungo l'orecchio. Niente. Percorro il primo corridoio e mi fermo in fondo, davanti alla porta chiusa. Là arriva della musica. La Glò, dunque, è in casa – come sempre, d'altronde...

Apro la porta e proseguo fino alla soglia del quartierino. E la vedo. Seduta sul solito sgabello, perfettamente immobile, sta ascoltando "Dal soggiorno degli estinti...". In mano regge un bicchiere di vetro scanalato, pieno a metà di tè o di whisky, e nell'altra uno specchio. Sul tavolinetto, accanto alla candela che brucia, è posato un avanzo di mela, il frutto che le serve a pulire la voce. Prima che possa accorgersi di me, mi rincantuccio dietro il portaombrelli. Sembra pietrificata. Il canto di Pamira termina, lei si alza, beve un sorso, mangia la mela, appoggia lo specchio sulla consolle e, dopo una veloce ricognizione del vinile, a colpo sicuro rificca nel solco la puntina. È evidente che, per ostinata pratica quotidiana, conosce la superficie di quel disco a memoria.

La voce riprende. La Glò, però, non torna a sedersi né riassume la statuarietà di poco prima. Le sue braccia e le sue mani cominciano a descrivere figure nel vuoto; e così la sua bocca. È bravissima! Nel giro di pochi secondi dimentico che sto assistendo a una finzione. Le sue labbra pare che emettano per davvero i suoni che manda il disco. Si stendono, si contraggono, si protrudono, rientrano, mostrano i denti e la gola con la capacità di evocare la presenza effettiva della cantante che ha realmente prodotto tante note meravigliose. Quel canto perfetto, registrato perché lo si possa riprodurre ogni volta con la medesima riuscita, sta sorgendo qui e ora, dall'interno della stessa Glò: tutto il suo essere esterno ne è coinvolto; tutti i suoi muscoli trasformati... Sto vedendo la vera Gloria – quella che sarebbe potuta diventare e non è diventata...

Prima che finisca, esco dal mio nascondiglio e sguscio fuori dalla stanza.

Quando il canto si interrompe di nuovo, batto due colpi sulla porta.

"Chi è?" grida.

"Sono Sergio," rispondo.

"Entra!"

Mi accoglie con una smorfia penosa.

"Oh, finalmente una faccia amica! Mi stavo deprimendo da morire... Tutti mi hanno abbandonato, Sergio. Pure la Ines oggi ha preteso di uscire. Quell'ingrata! Se n'è andata non so più dove a trovare certi conoscenti argentini. E sia! Tanto! Che può cambiare una scudisciata in più sulla schiena di Cristo? Già stanno piantando in terra la croce su cui verrò sacrificata. Altro che Natale! Questo è il giorno della mia Passione... Ieri sera la Vanna mi chiama e mi dice che domani parte col padre. Sai per dove? Per le Bahamas! E io qui come una cretina, a piangere. Sicuramente si portano dietro anche la troia russa... Le ho chiesto di passarmi il padre. Per certe cose occorre anche il mio parere, no? Se non sono più la moglie di mio marito – che è tutto da dimostrare –, comunque resto la madre di mia figlia, no? Non c'è stato verso. Non me l'ha voluto passare. Mi sono sforzata di dominarmi. Ho usato la vocina gentile. 'Avanti, Vanna, passami il papà, da brava, che voglio salutarlo e fargli gli auguri di Natale...' Niente. Non gliene frega un cazzo nemmeno che io e il padre manteniamo un minimo di rapporti formali. Mi vuole eliminare del tutto dalla scena e tenerselo per sé sola."

Come spostare il discorso su Titus? Come proporle in questo momento, senza suscitare un no, il rimedio che ho trovato?

"Tu che pensi?" mi domanda. "Pensi che Marzio tornerà da me? O resterà con quella...? Non devo mollare, Sergio. Non devo mollare! Dimmi che non devo mollare. Dimmelo, per la madonna!"

E io:

"Glò, no che non devi mollare. Assolutamente no. Puoi farcela...".

"In che senso?" mi domanda sospettosa.

Riafferra il bicchiere, che ancora contiene un dito di liquido (dall'odore si capisce che è whisky).

"Voglio dire che prima o poi Marzio capirà il tuo vero valore..."

"E come? Se non gli ho mai mostrato quel che posso essere! Lui mi considera una povera serva; la sua schiava. A questo, infatti, mi sono ridotta dopo che ci siamo sposati. Ah, ma gliela rinfresco io la memoria! Ci eravamo incontrati al Sociale di Mantova, non lo sapevi? Già, proprio la tua città... Io ero Amina, lui Elvino (ci si potrebbe credere?). Non ti dico il trionfo! Che anni! Marzio non era ancora il Marzio Giuffrida che conosciamo oggi e io promettevo di diventare una gran diva. Allora lui mi considerava splendida! Diceva che senza di me non sarebbe riuscito a cantare tanto bene..." Si avvicinò alla finestra e con la mano ripulì una parte del vetro dal velo di vapore. "'Ah, perché non posso odiarti?' ti domandavi, Marzio. E ancora te lo dovrai domandare. Non puoi odiarmi perché tua sono. Lascia solo che riprenda a cantare. Allora mi riconoscerai e l'anello mi ridonerai, che a me sola appartiene. E di nuovo saremo Amina ed Elvino; di nuovo sposi:

> Ah! non giunge uman pensiero
> Al contento ond'io son piena..."

Ripassò la mano aperta sul vetro:

> "A' miei sensi io credo appena;
> Tu m'affida, o mio tesor...".

Si smarrì. Riprese il bicchiere in mano. Piangeva, ma sorrideva come davanti a una visione beatifica, sempre guardando la sua immagine riflessa nella finestra.

> "Ah mi abbraccia, e sempre insieme
> Sempre uniti in una speme,
> Della terra in cui viviamo
> Ci formiamo un ciel d'amor."

Si voltò di scatto verso di me. Ansimava.

"Non mi merito un applauso? Suvvia, non sono mica da buttare..."

Applaudii.

Guardò l'orologio.

"È quasi l'ora di cena e quella disgraziata della Ines non si decide a rientrare. Quando arriva, mi sente..."

Approfittai di quel momento di silenzio per prendere il discorso.

"Ho visto Titus, giù, in giardino..."

Non mi lasciò continuare.

"Quella merda!" scattò su. "In casa non lo voglio più. Mai più! E poi i cani da che mondo è mondo stanno fuori. Quando mai si è visto un lupo in un salotto? Quello è pure peggio di un lupo. Un lupo lo puoi ammaestrare. Titus no."

E mi allungò la mano destra sotto il naso, perché vedessi le tracce del morso di qualche giorno prima. A fatica individuai un paio di graffietti intorno alla base del pollice. Vero, l'unghia era spezzata. Ma non certo per colpa di Titus.

Cercai di usare il suo vittimismo a mio vantaggio.

"Ecco, Glò... Io avrei una soluzione..."

"E quale? Non c'è soluzione, la soluzione è ammazzarlo, quel cane..."

"No, aspetta..." Il cuore mi batteva all'impazzata. "Ho conosciuto un signore, ieri, a casa dei miei... Un bravissimo signore, che adora i cani... Ne ha dieci, tenuti meravigliosamente. Sono passato a vedere il posto proprio stamattina. Molto bello, in campagna. Secondo me, sarebbe contento di prendere anche Titus..."

Mi fermai e aspettai l'esplosione.

"Tu vuoi scherzare?" fece con un filo di voce, stringendo gli occhi in una fessura. "Sarebbe un sogno! Togliermi quel cane schifoso. E chi è questo salvatore? Ma sì, diamoglielo, diamoglielo..."

"Se vuoi, posso portarglielo già stasera..." azzardai.

Si sistemò una bretellina del reggiseno.

"Oddio, non è un po' presto? Prima occorre che chieda alla Vanna... Va be' che quella se ne infischia del cane... E poi vada affanculo mia figlia! Qui decido io. Lei è lì a spassarsela col padre; e io devo anche chiederle il permesso di dar via il cane? La colpa è sua, se Titus è venuto su a quel modo... È vero che neanch'io ho saputo educare mia figlia, meglio che stia zitta... Sì, portaglielo pure... Subito! Stasera, domani, quando ti è comodo... E dove abita questo signore?"

"Vicino a Mantova..." mormorai.

"Mantova? Benissimo! Così la Vanna non potrà andare a riprenderselo... Ah, che felicità! Sergio, mi hai ridato la vita! Meno male che ho te!"

La fuga

C'è speranza, c'è speranza.

Giorgio, *Nina o sia La pazza per amore*

La Ines mi svegliò all'alba. Bevvi il caffè che mi aveva preparato e insieme scendemmo in giardino, fidando nelle tenebre come due malfattori.

Titus ci stava aspettando, con gli occhioni sgranati, lucidi nell'ombra. La Ines lo sistemò sul sedile posteriore della Giulietta, assicurò per bene il guinzaglio alla maniglia della portiera e singhiozzò un frettoloso "*adiós*". E via che partimmo, prima che l'arpia ci ripensasse o chissà quale diabolico imprevisto mandasse a monte tutto...

Il poveretto se ne stava rannicchiato buono buono in un angolino, senza protestare, e ascoltava a orecchie tese le mie raccomandazioni. Gli dicevo di non preoccuparsi, che tutto sarebbe andato per il verso giusto. Il tempo delle torture era finito. D'ora in poi nella sua vita ci sarebbero stati solo pappa, giochi e amici.

Rimase tranquillo per la maggior parte del viaggio. Dormì anche un'oretta. Solo pochi minuti prima dell'arrivo cominciò ad agitarsi.

"Che c'è, eh?" lo rassicuravo. "Porta pazienza ancora un attimino. Ci siamo quasi... Ecco che sta uscendo il sole! Guarda fuori; guarda quanta bella campagna..."

Lui, sempre accucciato, mi rispondeva con mugolii d'apprensione. Il paesaggio – uno scompiglio di veli di nebbia attraverso cui baluginavano freddi bagliori di sole – non lo incuriosiva.

*

La strada sterrata termina e noi arriviamo alla meta.

Lo slego e apro la portiera.

"Forza, scendi," lo incoraggio.

Lui con un salto è a terra, ma non si allontana dall'automobile.

L'Arturo ci viene incontro, in maniche di camicia, nonostante l'aria gelida e bagnata.

Lo seguono tre pastori tedeschi, che vicino a lui sembrano cani giganti. Il resto del branco è rimasto a scodinzolare dietro la rete, coi musi puntati verso di noi.

Il mio Titus se ne sta inchiodato davanti al parafango, col naso che sonda l'atmosfera. La vicinanza degli altri tre gli strappa una protesta poco convinta. Loro, senza emettere un suono, gli si avvicinano e cominciano ad annusarlo. Vogliono conoscere l'estraneo. Lui si volge da una parte all'altra, ansioso, confuso, ma per nulla intenzionato a lasciarsi ispezionare dai nasi dei padroni di casa, i quali, a giudicare dai crescenti gorgoglii delle gole, non apprezzano granché tanto spirito d'indipendenza.

"Buongiorno, Titus!" esclama l'Arturo. "Su, vieni a salutare l'Arturo... Che aspetti? Dài, da bravo... Dài, *süchél*... Sì, che sei bello... *Spurc, ma bèl*... Avanti, che poi facciamo il bagno..."

"Avanti, dài," insisto io.

E lo spingo verso l'Arturo.

"Ha una zampina rotta," nota lui, mentre Titus muove qualche passetto.

"Sì..." confermo, stupito dello spirito di osservazione dell'Arturo.

“Ma che strano! Sembra completamente disorientato...”

Lascia che Titus lo annusi – e lui annusa con spasmodica dedizione, come quando aveva incontrato me sul pianerottolo. Poi, allontanati i tre del comitato d’accoglienza, si accuccia per osservarlo meglio. Agita le braccia in varie direzioni, gli scocca le dita davanti al muso, gli prende la testa fra le mani... Poi si tira su e lo chiama. Titus alza la testa. Lui si sposta di lato di alcuni passi, si accovaccia e lo chiama di nuovo. E di nuovo Titus si gira verso di lui, alzando la testa. Ma la testa questa volta è troppo sollevata, come se il richiamo fosse disceso dal cielo.

“Non mi avevi detto che era anche cieco!”

Cecità

Il lume s'era spento.

Mimì, *La Bohème*

Titus cieco!... Titus cieco... All'improvviso capisco di esserlo stato anch'io fino a quel momento... All'improvviso tutto diventa chiaro... Ecco perché pretendeva di avermi vicino nel giardino della villa...! Ecco perché non raccoglieva i rami che gli tiravo...! Ecco perché non infilava a colpo sicuro l'ingresso del corridoio quando la Glò lo inseguiva con l'ombrello...!

Ecco perché lei continuava a dargli del cretino...!

Secondo l'Arturo non era così dalla nascita. Altrimenti sarebbe apparso meno impacciato. La vista doveva averla persa meno di un anno prima, per effetto di un trauma più che per una malattia.

E aveva pure le pulci.

Nel capanno, lontano dagli altri, l'Arturo lo cosparse di una polvere speciale. Poi gli bendò con cura la zampa offesa – operazione che strappò al paziente qualche pietoso guaito – e gli riempì la ciotola di ossi. Dopo le feste bisognava portarlo dal veterinario. Non era da escludere che servisse un'operazione.

Insistette perché restassi a pranzo. Accettai volentieri. Infatti, dopo una simile scoperta, non avevo la forza di separarmi da Titus. Neanche sapeva che faccia avevo! Mentre, se era vero che non era cieco dalla nascita, la faccia della Glò e della Vanna doveva conoscerle anche troppo bene, e averle ancora impresse nella memoria... E mi pentivo di tutti i torti che anch'io avevo commesso nei suoi confronti, a partire da quella prima volta che lui mi porgeva la pallina e io l'avevo allontanata sbrigativamente con un calcio ed ero scappato via, senza pensare alla delusione che gli infliggevo...

L'avrei detto alla Ines, che sapesse fino in fondo quanto era *mala* la sua padrona... E a Marcello... E alla Vanna... E alla Glò stessa... Che mi importava ormai di avere la sua simpatia? Tutti dovevano sapere!

*

Dopo pranzo l'Arturo mi chiede di aiutarlo a servire la pappa alla comunità.

"Certo," rispondo, ben contento di rendermi utile.

Ed entro nel recinto con lui.

Non ho mai avuto tanti cani attorno in una volta. Prima di incontrare Titus una situazione del genere non sarei mai stato in grado di sostenerla. Né tanto meno avrei creduto che sarebbe mai potuta capitare per mia volontà.

Gli animali emettono suoni di gioia, di vario colore e intensità; mi saltano addosso, cercano di infilare il muso nella bacinella che porto, mi leccano le mani, mi si infilano tra le gambe... E io non ho paura! Sento di amarli tutti, quei cani, come amo il mio Titus, il quale dal capanno non smette di abbaiare, a voler dire: "Ci sono anch'io, non dimenticatelo...".

Ma, per via delle pulci, è necessario che lui resti in isolamento per un po'.

Congratulazioni

Qui le parole
dunque han sensi diversi?

Ircano, *Semiramide riconosciuta*

Il giorno dopo tornai alla villa, anche se Marcello non era ancora rientrato.

La Glò mi aspettava furibonda.

"Sei stato tu a portar via Titus!"

"Sì, certo," confermai con voce tremante. "Mi avevi dato il permesso..."

"No che non ti avevo dato il permesso! Ti avevo detto, invece, che prima dovevo interpellare la Vanna... Dove l'hai portato?"

"Lo sai, Glò... Da un bravo signore, vicino a Mantova..."

"Vicino a Mantova?! E se una volta mi viene la voglia di vederlo...?"

"Puoi benissimo andare a trovarlo... L'Arturo non avrà niente in contrario..."

"Ah, certo! Faccio due ore di viaggio per vedere il *mio* cane... La sentiremo la Vanna, quando torna! Anzi, la sentirai! A questo punto io me ne lavo le mani. Cazzi vostri!"

Tutti i miei propositi dovettero cambiare. Niente rimproveri, niente accuse. Dunque, nessun riferimento né alla cecità né alle pulci.

"D'accordo, Gloria, ci penso io, non ti preoccupare," cercai di rabbonirla. E intanto cercavo di tenere a bada anche la mia rabbia, impresa assai più impegnativa. "Sono sicuro che anche la Vanna sarà contenta che il suo cane sia andato a star bene, in campagna, insieme ad altri cani... Credimi, dell'Arturo ci si può fidare... Ama quei cani come fossero figli suoi..."

"Per lei Titus rappresentava il padre..." singhiozzò la Glò, voltando la faccia verso la finestra. "Gliel'aveva regalato Marzio per il compleanno, due anni fa... Un cucciolino che era un amore... Come mi commossi quando entrò in casa!... Allora mica potevo immaginare che specie di mostro sarebbe diventato! Ah, non ci ha messo molto! Tempo due mesi e già latrava come una belva... E non ha mai imparato a cagare negli orari e nei posti giusti! Però sembrava nato per rifarmi il verso!" Si riprese dalla finta commozione. "Bene. Io a mia figlia non dico niente. Che si goda in pace le sue porche vacanze! E quando torna, la affronterai tu. Voglio ridere! Ma tu le dovrai parlare subito, capito? O quella dà la colpa a me!... Ah, fra l'altro, ricordami di pagarti le lezioni... Domani. Adesso non è il momento. Non saprei dove cercare il libretto degli assegni... O preferisci i contanti? No... Meglio di no... I contanti si perdono... Più sicuro un assegno, col tuo bel nome sopra..."

E così mi congedò.

Stavo percorrendo il corridoio quando dal buio di una delle stanze laterali sbucò fuori la Ines.

"*¡Dios te bendiga!*"

Non la finiva più di festeggiarmi. E Titus *como* stava? Si era sistemato bene? Aveva fatto storie? Ah, quanto le sarebbe *faltado*! Ma meno male che si era tolto di lì, o prima o poi la padrona lo *mataba*!

Le racconto che Titus è cieco; che l'hanno accecato i calci e le sberle della Glò.

"*¡Qué!*" grida. "*¡Titus ciego!...¡La puta!*"

"Ines!" risuona per il corridoio. "INES!"

Poi un'eco di passi.

"*J'arrive, Madame,*" risponde lei.

E, prima che veniamo sorpresi, si ritira nell'ombra, nella direzione da cui sono provenuti gli imperiosi richiami.

*

Le benedizioni della Ines non erano esagerate. Lei veramente voleva bene a Titus. Quante volte lo aveva protetto dalla furia della Glò! Non solo. Lei era anche quella che si preoccupava di lavarlo, di nutrirlo e di portarlo fuori la mattina e la sera. Esagerati, invece, erano i complimenti che ricevetti nei giorni seguenti da Marcello e dalla madre. All'improvviso sembrava che la salvezza di Titus fosse stato il loro primo pensiero. Allora perché non avevano mai mosso un dito per migliorargli la vita? O perché non avevano tentato di liberarlo loro stessi? La Romilda, che non aveva mai dato segno di accorgersi della presenza di Titus, mi espresse la sua soddisfazione addirittura con una pacca sulla spalla.

"Bravo, Sergio! Mia sorella è una squilibrata. Bisognerebbe toglierle anche la figlia. Hai visto che impertinente sta diventando... Io capisco Marzio, mio cognato, che l'ha mollata. Quale uomo potrebbe resistere a fianco a una donna del genere? Lui l'ha sopportata anche troppo a lungo, quasi venticinque anni! Figurati che anche mia madre aveva serie difficoltà a passare più di un'ora vicino a quella figlia... Be', abbiamo salvato Titus. Questo è l'importante."

Le dissi che la Gloria aveva accecato Titus. Lei la buttò sul ridere.

"Neanch'io ci vedo più quando me la ritrovo davanti!"

Marcello disse che ero stato grande. Grandissimo! Presto saremmo andati insieme a trovarlo, il nostro bravo Titus...

Neanche lui voleva ammettere che la sua cecità fosse il risultato dei maltrattamenti. Il sadismo della Glò, teorizzava con aria *blasée*, mica era così sofisticato. Lei era un'isterica, una che menava mani e piedi a caso, come capitava... No, la Glò era buona solo a spezzarsi le unghie...

IV

Capodanno

Dai viventi mi divisi [...].

Percy, *Anna Bolena*

Nella villa era convenuta mezza Milano: gente della finanza, del giornalismo, dell'editoria, dell'industria; critici; qualche psicanalista... C'erano mogli, mariti, amanti, ed ex di tutte e tre le categorie... Perché potessi partecipare anch'io, Marcello mi aveva fatto addirittura togliere una guardia e concedere il permesso di passar fuori la notte.

Mi sentivo come Titus quando atterrò nella campagna padana.

Il benvenuto me lo diede un signore brizzolato, dall'aspetto bonario, un piccoletto:

"E tu chi sei?".

"Sergio..." risposi. "L'amico di Marcello..."

E lui, con un gesto sbrigativo:

"Il cognome...".

Gli fornii il cognome e lui alzò un sopracciglio. Non gli diceva niente. La Romi, che passava di lì in quel momento, gli disse:

"Sergio scrive poesie...".

Capii che ero stato avvicinato dal borghesone in persona, l'amante della Romi.

Una signora molto appariscente, tipo Sophia Loren (stessi occhialoni, stessa acconciatura), mi domandò chi fosse il mio editore. Dovetti ammettere che io non avevo pubblicato niente; neanche ci avevo mai pensato; mi ero appena laureato in Lettere classiche... E il borghesone, tornando alla carica:

"Tuo padre che fa?".

Risposi:

"Ha una salumeria a Mantova".

E lui:

"Una salumeria o un salumificio?".

E io:

"Una salumeria...".

*

Per evitare altri incontri del genere mi ritirai nell'anticamera dello studio. Mi isolai nella contemplazione dei quadri. Non li avevo mai guardati con tanto interesse. Fissai lo sguardo su uno in particolare, un paesaggio di alberi e nuvole. Azzurro e rosa. A un certo punto mi accorsi di non essere solo. Qualcuno, a fianco a me, si era messo a osservare lo stesso quadro e dava segno di volermi comunicare le sue impressioni. Finsi di non notare i movimenti esagerati della sua destra né i richiami della sua gola, e passai al quadro successivo: una montagna color violetto, sotto un cielo turchese. La mia indifferenza, però, non bastava a proteggermi dall'intruso.

"Ah, il realismo!" esclamò.

Continuai a star zitto.

"Il realismo è la rovina dell'arte... Le forme del visibile! Solo gli imbecilli possono desiderare di farne il soggetto delle loro rappresentazioni, in pittura come in un romanzo o in una poesia. Capisco la fotografia... Ma pretendere di rappresentare in un'opera di invenzione quello che in natura si trova espresso molto meglio è proprio un'idiozia... L'arte è arte solo quando non rappresenta nient'altro che se stessa..."

Non avevo niente da dire. A me quei quadri piacevano. E,

pur non avendo mai teorizzato sui miei versi, volevo sicuramente che nascessero dall'osservazione del mondo. Il loro valore, se ne avevano, stava nella capacità di raffigurare un sentimento; cioè di parlare di due cose in una volta, l'oggetto e le sue proiezioni interiori. Non insegnavano così Pascoli e Montale? O già Ovidio? "Vedere e ricordare," comandava Pascoli.

"Troppo, troppo Ottocento in questa casa... Non finirò mai di ripeterlo alla Romilda!"

E l'uomo dell'*art pour l'art* continuò con una sorprendente tirata contro i macchiaioli e, in particolare, contro Fattori – tirata che tanto più mi sorprendeva perché io sulle cornici, ben inciso nell'ottone, leggevo il nome di Previati.

Il mio perdurante silenzio dovette irritare quel signore non poco. Mi allungò la mano e si presentò:

"Burilli...".

E contemporaneamente, proprio mentre gli usciva di bocca il cognome, dalla parte opposta prorompeva un suono di aria liberata a forza.

In mio soccorso, senza saperlo, arrivò Marcello.

"René, scusa, te lo porto via..." E a me: "Hai conosciuto Renato, il maggior critico del secondo Novecento? Avanti, adesso vieni a salutare mio fratello e la sua fidanzata...".

Sulla soglia del salone Martino stava intrattenendo un gruppetto di signore. Stringeva la mano a una ragazza dalla pelle bianchissima, che sembrava dormisse in piedi. Il suo racconto, a giudicare dalle facce delle ascoltatrici, doveva essere dei più appassionanti. Marcello ci invitò a stringerci la mano e sparì nella folla. Martino riprese a raccontare, come se io fossi stato niente più che un'inutile interruzione.

"Capito? Lo trovarono putrefatto in un armadio. Allora cominciò un'inchiesta che mise in luce modi di vita semiferini. I tre fratelli erano analfabeti, non si lavavano, dormivano insieme nello stesso letto, anche con le galline e le pecore, non parlavano l'inglese, ma un dialetto incomprensibile, e probabilmente avevano rapporti sessuali tra loro. La casa era un vero e proprio porcile. Tutto – l'autopsia e altre tracce – sembrava provare che il fratello minore fosse stato ucciso dagli altri due. Ma perché? Raptus? Rito satanico? E per quale ragione non lo avevano seppellito? Però dagli imputati non si cavava niente, nessuna confessione... I due, per quel che si capiva dalle loro dichiarazioni, manco si erano resi conto di aver commesso un delitto. Il processo va ormai avanti da parecchio; ed è assai probabile che si concluderà col proscioglimento."

"Ma si tratta di due pazzi!" esclamò una del gruppetto, spalancando gli occhi bistrati.

Un'altra, ben felice di sfoggiare il suo inglese, si preoccupò di tradurre le parole della donna per la ragazza di Martino, che non capiva l'italiano e se ne stava lì zitta zitta, chiusa nel suo mondo.

"E invece no, cara Sonia!" ridacchiò Martino.

E le diede un buffetto sulla spalla nuda.

"Ma di sicuro!" intervenne la traduttrice. "Solo persone malate di testa potrebbero vivere in condizioni igieniche così degradate!"

E tradusse quel che aveva appena detto all'ospite straniera, alla quale, in verità, sembrava non interessasse per nulla il contenuto della conversazione.

"Gli psichiatri inglesi non sono d'accordo," spiegò Martino. "I fratelli sono risultati sani di mente... Fra l'altro – ecco la cosa che più sconvolge – hanno una cura degli animali ineccepibile! Galline, gatti, cani, vacche, maiali, pecore e capre sono stati trovati tutti in ottima salute, e pulitissimi! Manco una zecca... I fratelli assassini sono fattori eccellenti!"

"E non hai paura a frequentare un posto del genere?" riprese la Sonia. "Quelli sarebbero capaci di piantarti un'ascia nella schiena..."

"Ma va'! Sono due nonnetti! Si divertono un mondo a essere filmati da me! Quando abbiamo finito, mi offrono da bere anche un uovo crudo...”

“Che orrore! Adriano, dove sei?, hai sentito che stomaco che ha tuo figlio?”

Il padre si avvicinò, trascinando per mano una donna sulla trentina.

“*What's the matter?* Che stavi raccontando, *my son*?... Brindiamo al genio di mio figlio antropologo!”

A qualche metro da lì Marcello stava discettando sulla definizione di arte con il solito Burilli. Non sentivo bene quel che dicevano. Ma certe parole del mio amico mi arrivarono chiare e distinte:

“Non esiste una differenza tra avanguardia e non avanguardia, vecchio René. Niente, se muove da una ragione interiore, può essere inattuale... E poi, dimmi, che arte è quella da cui sono spariti il riso e il pianto?”.

La Manu

Sciocchezze di poeti!

Ferrando, *Così fan tutte*

Sgusciai via dal salone e di corridoio in corridoio, quasi senza volere, arrivai alla porta del quartierino.

La Glò stava giocando a scopa con la Ines, nel boudoir, a lume di candela.

"Bella la festa?" mi domandò, senza alzare gli occhi dalle carte.

Ma sorrideva. Anche la Ines sorrideva. Erano tutt'e due contente della mia visita inattesa, perché le liberava l'una dall'altra.

La Ines mi cedette prontamente la sua sedia e, con un'espressione di gratitudine, si ritirò nella sua stanzetta.

"Che fai qui da sola, Gloria?" le dissi. "Di là c'è da mangiare e da bere..."

"Non voglio che mi vedano..."

"E per quale motivo?"

"Mi vergogno..."

"La festa è praticamente un ritrovo di coppie fallite... Che c'è da vergognarsi?"

"Ho troppo rispetto dei miei sentimenti. Loro non capirebbero. Loro non hanno mai sofferto come sto soffrendo io. Checché ne pensi quel cretino del Biagini, che mi accusa di non conoscere il vero dolore! La Romi, quando Adriano l'ha mollata, non ha battuto ciglio. Eppure sembravano così uniti, la coppia perfetta! Sai perché? Perché lei, come tutti gli altri, non ha mai sentito l'amore, quello che ho sentito io fin dal primo momento per Marzio. Il fuoco! La follia! Quella smania che mi ha spinto a rompere con la famiglia, a seguirlo ovunque, a negare me stessa, ad annullarmi in lui... Di quelli che si stanno abboffando di là in questo momento non ce n'è uno che abbia provato tutto ciò anche solo per un istante. Se mi presento così abbattuta – dimmi se non sono ridotta a uno straccio –, penserebbero chissà cosa... Che la metto giù dura, che sono la sorella balorda, la *cantante d'opera*! Loro sanno solo giudicarmi rispetto alla Romi, che considerano una dea. Ah, che gran donna la Romi, col suo *aplomb*, col suo *savoir faire*! Ma mia sorella se la sogna la felicità che ho provato io vicino a Marzio, con Marzio tra le cosce!... E tu, Sergio, dimmi un po', ti sei mai innamorato? Dài, raccontami qualcosa di te. Sei così riservato! Quelle bellissime poesie d'amore che mi hai letto una sera, per chi le avevi scritte?"

Non avevo nessuna voglia di parlarne, ma dovetti cedere alle insistenze della Glò.

Le dissi che quelle poesie erano per la Manu, la ragazza che avevo avuto dalla fine del liceo sino all'anno prima.

"E perché è finita?" mi domandò con l'aria sorpresa.

Perché...? Perché la Manu, a un certo, punto si era messa con un mio amico. Li avevo sorpresi che si baciavano durante una festa, a casa di un mio ex compagno di liceo, davanti a tutti, senza il minimo riguardo per me; senza pensare alle conseguenze. In quel momento la mia vita sociale ebbe fine. Non solo dovetti rompere con lei, ma anche con lui e con tutti quelli che io e lei e lui frequentavamo. Anche loro erano colpevoli.

"E per quale motivo?"

"Perché avevano assistito alla mia umiliazione... Anche loro mi avevano tradito, i cosiddetti amici..."

"Che orgoglio! Che intransigenza!" rise la Glò. "Il tradimento e la colpa lasciamoli ai personaggi del melodramma, lasciamoli a Didone! Sei giovane, ecco perché usi quei paroloni... Così, a voltar le spalle a tutti, avrai sofferto anche di più che se avessi rinunciato soltanto a lei... Il tuo amico andava perdonato..."

"Il mio amico, evidentemente, non era un *amico*, se è arrivato a rubarmi la ragazza... E, in ogni caso, io non ho voltato le spalle a nessuno. Sono loro – lei, lui, gli altri della combriccola – che hanno voltato le spalle a me!"

"Come ragioni! Che mentalità antiquata! Sprovincializzati, Sergio! Qui tutti portano via tutto a tutti. Bisogna avere cento occhi! Il punto non è questo. Il punto è recuperare quel che ci hanno rubato. Guai a ragionare per principio, per orgoglio, o siamo fritti! Prendi esempio dall'Elvira, la moglie di Puccini! Non credo che si trovi al mondo persona che abbia mangiato più corna di lei. Eppure il suo Giacomo lei lo ha sempre riportato a casa... Tu perché non hai cercato di recuperare la Manu anziché perdere pure il resto? Sai che divertimento riacciuffare quel che l'amico ti aveva sgraffignato! Avanti, rispondimi: perché?"

"Perché mi aveva deluso..."

"La delusione!" rise di nuovo. "Altra assurdità, buona forse per scrivere qualche verso! Io, se dovessi metterla sul piano della delusione, sarei già morta. Sapessi tutto quello che ho fatto per Marzio! L'ho sfamato per anni; gli ho dato una casa; ho sopportato le sue collere, il suo egocentrismo, le sue scappatelle, la sua indifferenza, la sua ignoranza... Le sue botte! Sì, perché mi sono beccata pure quelle, e non una volta sola... Ed ecco come vengo ripagata! Ma io non ragiono come te. Una troia me l'ha portato via, io me lo devo riprendere. E farò di tutto per riprendermelo... Cambia, Sergio, o non proverai mai un briciolo di felicità. La gente ti sembrerà sempre al di sotto delle tue aspettative. Le gente, non ti dico di ammirarla: la gente, semplicemente, *non esiste*! Esisti solo tu con i tuoi desideri! Dimentica tutti i buoni princìpi, torna dalla Manu... Chiedile scusa!"

"Chiederle scusa...! Mica l'ho lasciata io!"
"Che c'entra? Allora non capisci proprio niente! Le scuse servono a ristabilire il contatto, sono un'arma... Te lo ripeto: coi princìpi non si va da nessuna parte."
"La Manu non mi interessa più..."
"Questo è un altro discorso... Ecco, allora, perché si è buttata tra le braccia del tuo amico... L'hai costretta tu..."
Mi stavo innervosendo.
"Non mi interessa più *appunto perché si è buttata tra le braccia del mio 'amico'...*"
"La prossima ragazza farà esattamente la stessa cosa, credimi. Noi dobbiamo vigilare su quello che abbiamo, e riprendercelo poi, se qualcuno ce lo toglie... È semplice. La vita è semplice. Per tale ragione può diventare insopportabilmente crudele: perché ti mostra la strada, ma non sempre te la lascia percorrere..."
L'arrivo di Marcello mi liberò da quel dialogo odioso.
"Che fate qui voi due?"
La Glò non rispose. Era ancora arrabbiata con lui.
"Cercavo di convincere la Glò a raggiungerci..." mi giustificai.
"Dài, zia, vieni di là, che ti vogliono salutare. Anzi, ho un'idea! Io mi metto al piano e tu ci canti qualcosa, ti va?"
Una luce rischiarò il volto della Glò.
"Cantare?" E di nuovo cupa: "No, proprio no. Non mi esercito da giorni... Andate. Andate pure. Grazie della visita, Sergio. Torna a trovarmi presto".

La divina

Il tuo canto è un incanto [...].

Xerse, *Xerse*

Nel salone, dopo qualche inutile tentativo di socializzazione, mi sedetti sull'unica poltroncina disponibile, arreso alla necessità di passare il resto della serata da solo, pur in mezzo a tanta gente. Due signori, alle mie spalle, stavano criticando il sarto di Gorbaciov. Sul divano di fronte altri parlavano della strage di Fiumicino. Coglievo pezzi di frasi – Israele, viaggi americani, la prima alla Scala, i politici, l'economia cinese, la tossicodipendenza del Gianni... Questi qui conoscevano il mondo di persona o attraverso gli amici, mica per mezzo della televisione o dei giornali! E la cosa più stupefacente era che nessuno dimostrava stupore per quello che si sentiva raccontare; ciascuno sembrava imbevuto di una sua sapienza superiore e la condivisione di tale sapienza non aumentava di un millimetro il sapere degli altri... Beati loro!, mi dicevo, mentre le palpebre mi si abbassavano per il sonno. Finì che mi addormentai. Sognai che telefonavo alla Manu, dopo tanto tempo, e che lei era contenta di sentirmi; e che il suo tradimento era stato solo una mia fantasia...

Mi svegliai di soprassalto.

"La nostra Gloria!" urlava a pochi centimetri dal mio orecchio la signora dagli occhi bistrati.

E la Gloria fece il suo ingresso nel salone, tra mani tese e sorrisi compassionevoli.

Era vestita da sera, con le perle al collo, e pitturata da diva.

“Brava, zia!” le disse Marcello.

E si precipitò a riempirle un calice di Veuve.

La Gloria fu risucchiata nel vortice dei saluti e delle chiacchiere. Ora si fermava a conversare con questi ora con quelli, dopo di che era già da un'altra parte, in un angolo, a confidarsi o a sganasciarsi dal ridere, a distribuire smancerie e a riceverne, allegra e spensierata, mentre pescava a caso nei vassoi dei pasticcini e dei cioccolatini. Ogni atteggiamento luttuoso l'aveva lasciato di là, nel quartierino. Era riuscita perfino a migliorare il suo aspetto. Pareva ringiovanita.

Due minuti dopo Marcello soffiò in un fischietto.

“Cari amici e cari parenti,” gridò sul brusio che si acquietava, “sono lieto di annunciarvi che la zia Gloria ha accettato di cantarci qualcosa...”

“Evviva! Evviva!” esclamarono molti all'unisono.

E la finta Sophia Loren, a fianco a me, a un'altra matrona: “Che forza d'animo!”.

Marcello si sedette al piano. La Glò gli impartì una serie di ordini all'orecchio. E il recital ebbe inizio.

Di che deformazioni non fu capace quella bocca! Quante facce si sostituirono, e con che rapidità, a quella faccia! E la testa si abbassava e si buttava indietro, inseguendo l'acuto, come fosse avulsa dall'ancoraggio del collo.

Cantò in successione “O luce di quest'anima”, “Ah, je veux vivre”, “Vien, diletto, è in ciel la luna”, “O mio babbino caro”, “Io son l'umile ancella” e “Saper vorreste”: i pezzi forti della sua nemica.

Sul “trallallà” finale credetti che la sua intera persona volesse esplodere in mille pezzi e, smantellato ogni supporto di anatomia, l'ardimentosa ugola si dovesse sfracellare in un estremo sacrificio davanti al pianoforte.

L'entusiasmo dei presenti non si può descrivere. Prima la ascoltarono in perfetto silenzio, beati. Poi, sovraeccitati, la travolsero con gli applausi e le lodi.

"Bravissima!... Bravissima!"
"Veramente divina!"
"Un usignuolo!"
"Meglio della Katia!"
Anche Marcello la applaudiva con trasporto. E Martino. E la stessa ragazza inglese, strappata alla sua catatonica indifferenza. Neppure la Romi, la sorella sprezzante, disdegnava di partecipare all'ovazione con un moderato, ma non per questo trascurabile, battito di mani.

Lei, la Glò, si inchinava come davanti a un pubblico vero, sudata e pasticciata.

Altro che usignolo! Non avevamo udito altro che gli strilli di un'aquila furente... Sì, le note le aveva prese. Ma in che modo? Solo livore e disperazione erano usciti da quelle fauci. Che baratro separava la Glò dalla "troia russa"! Gli altri, però, non la pensavano così. Erano a dir poco estasiati. E lei in viso aveva l'espressione esaltata di chi ritenga di aver superato brillantemente un'ardua prova. Marcello si congratulava come se avesse appena ascoltato il suo diletto zio Marzio...

"Bis! Bis!" la acclamavano.

E la Glò, con la mano aperta sul petto, scuotendo i riccioletti bagnati:

"Siete matti! Basta per stasera!".

Ma non accennava a ritirarsi dall'immaginario palcoscenico che le avevano innalzato le frenetiche palme cozzanti. Quel trionfo andava gustato e prolungato il più possibile...

Quando il tripudio cominciò a perdere di intensità e gli osanna a diradarsi, si voltò verso il nipote, ancora seduto al piano, e gli sussurrò qualcosa.

E lo spettacolo riprese:

> Fin che la barca va, lasciala andare,
> fin che la barca va, tu non remare,
> fin che la barca va, stai a guardare,

quando l'amore viene il campanello suonerà
quando l'amore viene il campanello suonerà...

Adesso anche Marcello cantava; e la zia, spiritata, fradicia, incitava con ampi gesti il plaudente pubblico a unirsi nel canto:

Fin che la barca va, lasciala andare,
fin che la barca va, tu non remare,
fin che la barca va, stai a guardare,
quando l'amore viene il campanello suonerà
quando l'amore viene il campanello suonerà...

Così per tre, quattro, cinque volte. E ogni volta sembrava l'ultima: la Glò raccoglieva i rimasugli di fiato che le ballavano in fondo alla gola e lanciava l'acuto finale; Marcello si alzava dallo sgabello; l'ennesimo applauso esplodeva... Ed ecco che lui ributtava le dita sulla tastiera. Il coro degli amici, sfinito, sghignazzante, ma fedelissimo, dietro:

Fin che la barca va, lasciala andare,
fin che la barca va, tu non remare,
fin che la barca va, stai a guardare,
quando l'amore viene il campanello suonerà
quando l'amore viene il campanello suonerà...

In preda al furore, Adriano afferrò l'ex moglie e la trascinò in uno zigzag di saltelli e giravolte. Martino fece lo stesso con la zia. E via così, tutti quanti, uomini e donne, in vari assortimenti. Anch'io, a un certo punto, mi ritrovai a inciampare al braccio di una damazza e per poco non venni uncinato dal braccione di Burilli. Sembrava di essere nel profondo delle nostre campagne.

*

In camera, al buio, Marcello mi domandò se mi fossi divertito.

"Abbastanza," risposi.

In quel momento lo odiavo.

"Perché non mi avevi detto che la Adamova è incinta?"

Silenzio. E poi, in risposta:

"Come ti è sembrato mio fratello?".

"Non è che ci siamo detti granché..." dissi.

"Meglio... Martino è un uomo banale..."

"Be', fino a un certo punto," lo contraddissi. "Il suo lavoro è tutt'altro che banale..."

"Che ci sarà di non banale nel puntare una macchina da presa sulla gente? Io non ci vedo nessun merito... Lui si crede un genio. Mio padre e mia madre lo credono un genio. Meglio la Glò, allora..."

"In fondo, non è stata malaccio stasera..."

E lui, con la voce sempre più rallentata dal troppo alcol:

"*Tu veux rire!*".

"Allora perché ti sei spellato le mani ad applaudirla?"

Mi sentii toccare la fronte.

"Perché... Perché si deve fare, *tesoro mio.*" Non mi aveva mai chiamato così; e non seppi capire se quelle parole gliele avesse suggerite l'affetto o l'ironia. "Perché non applaudire sarebbe equivalso a una critica inutile. A che pro stroncarla? Non hai visto gli altri?"

"Non fingevano anche loro?"

"Oh, no! Gli amici di mia madre non conoscono la recita aristocratica; la doppiezza polizianesca... Possono essere falsi, ma solo inconsapevolmente... Loro approvano e disapprovano come il cuor comanda, senza conoscerlo, il loro piccolo cuore... *Senz'arte!* Anzi, un'arte ce l'hanno: quella di trasformare in arte qualunque scemenza li diverta, perfino *Fin che la bar-*

ca va. È quel che si chiama snobismo, cosa che tu, ragazzo del popolo, non potrai mai avere né capire veramente... Sei fortunato, tu! Tu sei come Marzio. Tutti e due avete la libertà di capire la bellezza molto più facilmente... E di produrla anche, lui con il canto, tu con la poesia... Loro partono svantaggiati... Vanno compianti. Di musica non capiscono niente. Loro hanno il palco alla Scala, e tanto basta..."

Gli uscì un rutto.

"La borghesia, tesoro mio! La borghesia!"

La gratitudine

Leggi ed inorridisci [...].

Oroe, *Semiramide*

Due giorni dopo la Glò mi convocava d'urgenza.

A occhi sbarrati puntava l'indice verso lo scrittoio, senza osare avvicinarsi, come se ci fosse posato sopra un serpente a sonagli.

"Ah, questa me la paga! Stavolta non la passa liscia! Leggi, avanti, leggi!"

Presi in mano una cartolina illustrata – l'immagine di una bellissima spiaggia bianca, con un mare turchese e una fila di palme flessuose.

Oltre a dare un generico saluto in francese, la Vanna comunicava nella sua pessima grafia che la vacanza sarebbe proseguita di un'altra settimana, a New York.

"Capisci la strafottenza?" strillò la Glò. "Di lei e del padre! Un irresponsabile, che le fa perdere anche l'inizio della scuola! Io ci sento lo zampino della troia russa. Quella si è messa in testa di portarmi via anche la figlia... Sergio, la situazione è più difficile di quanto pensassi... Marzio, per prestarsi a un simile gioco, deve avercela a morte con me. Mi odia perché gli ho donato la mia vita; perché gli ho permesso di diventare qualcuno. Come ho potuto non prevedere che un giorno mi avrebbe punita? Certo, mi dirai, in fondo è da ammirare. Concordo. L'ingratitudine ha qualcosa di eroico. È il necessario approdo dell'uomo di genio... I grandi mica sono grati. Impossibile che lo siano! La gratitudine ti impedisce di mostrare il tuo valore. La gratitudine è da servi. Grata mi è la Ines, ed è giusto, perché una come lei è venuta al mondo per servire. Marzio no... Ma io, per la madonna, sto rischiando di perdere tutto, Sergio... TUTTO!"

Si morse le labbra e rimase sovrappensiero.

"Io sono stata la sua fortuna," riprese a bassa voce. "E pensare che non gliel'ho mai rinfacciato. Ma forse proprio questo è stato l'errore: dare dare dare senza pretendere nulla in cambio, senza esigere la minima riconoscenza... Che vuoi! Sono nata così, io! Sono generosa di natura, io! Converrà che incominci a rinfacciare adesso... Sì, certo... Gli scrivo una bella lettera e gli rinfaccio ogni cosa... E lui vedrai che tornerà da me. Per insultarmi... Benissimo! Che sia, se questo può riaccendere la passione! Voglio che mi gridi che sono una stronza!" E qui gridò lei stessa. "Che mi schiaffeggi! Io lo graffierò e lui mi batterà e me lo pianterà tra le cosce..." Le eruppe dalla gola una sghignazzata tetra. "Tu sei il toro, Marzio mio, e io la vacca! La tua vacca!... Mica è finita così!"

Aprì il quadernino dei conti e si mise a scribacchiare con foga.

"Be', che guardi? Lasciami sola, o perdo la concentrazione..."

*

Per la metà di gennaio la Vanna non era ancora rientrata in Italia. Voleva rimanere a Parigi con il padre. Ogni sera gridava alla madre che Milano le faceva schifo e che della scuola se ne infischiava. E, prima che la Glò potesse aggiungere una parola, buttava giù la cornetta.

Meglio così, pensavo; resti pure lassù per sempre. Quanto più a lungo la Vanna se ne stava a Parigi tanto più certa e incontestabile diventava la liberazione di Titus. Ancora qualche settimana e lo avrebbe dimenticato completamente, se non l'aveva già fatto. E, una volta tornata, manco si sarebbe accorta della sua assenza. E se anche se ne doveva accorgere, a quel punto non avrebbe avuto più alcun diritto di reclamarne la restituzione.

Lui, intanto, si stava rimettendo in forma. Una buona fasciatura era bastata a curare la zampina; le pulci erano sparite; era ingrassato e cominciava ad ambientarsi. Con gli altri cani andava d'accordissimo, specie con la cagnetta lesbica. Insomma, era rinato. Di questi progressi mi teneva informato lo stesso Arturo, che chiamavo un paio di volte la settimana.

Che padrone sensibile! Perché Titus non subisse soprusi all'interno del branco a causa della sua cecità, aveva stabilito che mangiasse prima degli altri; e la cuccia gliel'aveva sistemata non fuori, ma in casa. A ogni modo, nessuno aveva dimostrato verso di lui alcun atteggiamento prevaricatorio o aggressivo.

Purtroppo, a causa delle guardie e delle *corvées* domenicali, non ero ancora andato a trovarlo. Al mio posto mandavo mia madre e mio padre. Quante volte mi rimproverarono per non averlo dato a loro!

La Glò ogni tanto mi chiedeva di lui. Trovai il coraggio di dirle che Titus era cieco. Usai tutta la delicatezza possibile.

"Che cane di merda!" commentò. "Con quello che è costato!"

E, prima che potessi trovare le parole giuste per spiegarle che la cecità era stata causata dalle sue botte, si disse molto soddisfatta della soluzione cui eravamo arrivati.

"Evviva l'Arturo!" si rallegrò, alzando il bicchiere del whisky.

Ormai l'antipatia sadica che lei aveva provato per Titus la attribuiva esclusivamente alla figlia. Se Titus era risultato insopportabile, la colpa era della Vanna, di nessun altro. In questo modo, si prendeva il merito di averlo salvato; e, in più, si rallegrava di aver dato una lezione alla figlia disobbediente.

Fuggitivo

Per Parigi or or partiva.

Annina, *La traviata*

Qui, tra la folla, è come camminare
fra le dolcezze dei sognati incanti,
e la pace è travolta
nell'ansia nuova del desiderare.

Ruggero, *La rondine*

"Bisogna andare a riprenderla," mi disse una sera, verso l'inizio di febbraio. "Mi sono stufata di aspettare."

"Quando parti?" le domandai.

"Partire? Io?! Oh no! Per carità! T'immagini lo strapazzo... La mia voce ne risentirebbe peggio che se cantassi il finale di *Roberto Devereux* per dieci volte di fila. Per di più mi toccherebbe interrompere lo studio. No, impensabile. E poi non voglio correre il rischio di incontrare la troia russa... Ci vai tu."

"Io?!"

"Sì, tu, che c'è di strano?"

"Gloria, io sto facendo il servizio militare; non posso espatriare, non è permesso..."

"Non diciamone più! Tu sei nato per drammatizzare. Peggio di Leoncavallo. Il tuo amichetto troverà il modo di ottenere per te tutti i permessi che occorrono... Sennò, chi se ne frega. Sali su un treno e alla frontiera mostri la tua bella carta d'identità... E se qualcuno ti rompe i coglioni, spieghi che sei amico di Marzio Giuffrida..."

"Tanto vale che ci vada Marcello!"

Lei scattò su dal suo scranno.

"Manco per il cazzo! Lo sai che non ha fatto niente per

me l'ultima volta. E io non ho nessuna intenzione di regalargli una vacanza a Parigi... Ci vai tu, invece. Ho deciso. Meglio di te non c'è nessuno... Tu sei il maestro della Vanna; spetta a te, perciò, rincondurla sulla retta via..."

Marcello giudicò folle il piano della Glò. E se la prese con me. Non avrei concluso nulla, nulla! Marzio manco mi avrebbe ricevuto... Batteva il pugno sul tavolo, furibondo come mai l'avevo visto con nessuno, addirittura inviperito... E la Vanna avrebbe riso di me... Andavo a farmi trattare come una pezza da piedi... Era questo che volevo? E poi mica era detto che la caserma mi avrebbe lasciato partire per l'estero... No, per un'impresa del genere occorreva che partisse lui; la Vanna si fidava solo di lui...

Parlava così per gelosia; non gli andava giù che avrei incontrato a tu per tu il suo adorato zio.

Io mi ero subito affezionato all'idea di visitare Parigi; e di andarci, appunto, da solo, all'avventura. Non avrei concluso nulla. E allora? Che me ne importava? L'importante era evadere, dimenticare la caserma e la villa. Me lo meritavo, dopo tante fatiche...

Dunque, ottenuti tre giorni di licenza, comprai il biglietto (la Glò disse che me lo avrebbe rimborsato al mio ritorno, con tutte le altre spese di viaggio) e di nascosto anche dai miei, contravvenendo alla legge, partii per Parigi.

*

Fu un viaggio lungo e insonne. Infatti, sicuro che la Glò non mi avrebbe mai restituito manco un centesimo, mi ero comprato un semplice posto a sedere. Tutto, per fortuna, filò liscio. Nessuno, alla frontiera, sospettò che fossi un militare fuggitivo. E io, per eccesso di prudenza, mi guardai bene dallo scambiare anche solo una parola con gli altri passeggeri.

Arrivai a destinazione poco dopo l'alba.

Faceva molto più freddo che a Milano. Ciononostante, andai a piedi dalla Gare de Lyon fino al Louvre, aiutandomi con una mappa che mi aveva dato lo stesso Marcello.

Dal Pont Neuf scattai un intero rullino di fotografie.

Tutto mi pareva meraviglioso: il fiume color del fango, i battelli ancorati, la mole di Notre-Dame, il selciato antico, i lampioni, i *quais*, le bancarelle dei *bouquinistes*, i manifesti pubblicitari, i portoni, l'aria gelida che intirizziva le mani e anestetizzava le orecchie...

Il cielo aveva il biancore delle perle. Non avevo mai visto un cielo così. E i palazzi, con il loro grigio, mi sembravano il degno complemento architettonico del paesaggio celeste; formavano con le infinite nuvole una rima baciata. Ripensai a Marcello con nostalgia. Tirai fuori l'Aiwa e mi misi le cuffie alle orecchie:

Nei cieli bigi...

La Bohème, naturalmente. Callas e Di Stefano, naturalmente.

E quanto più stupenda mi suonò là, lungo la Senna, quella pagina di poesia, quel dialogo iniziale tra Rodolfo e Marcello, il pittore che aveva il nome del mio amico...

Siccome il museo era ancora chiuso, ripresi a camminare.

Giunsi alla Place de la Concorde, percorsi gli Champs-Élysées, mi fermai ai piedi della Tour Eiffel. Con me sempre Mimì.

Le banche aprirono e cambiai un po' di soldi.

In un caffè, non lontano dagli Invalides, feci colazione. Nel minuscolo bagno mi lavai i denti e la faccia. Non sentivo la stanchezza. Sentivo solo un entusiasmo indomabile, puro, perché era tutto dentro di me e non c'era nessuno al quale potessi comunicarlo o al quale quell'intima frenesia potesse apparire; una voglia di vivere che non avevo ancora provato con tanta intensità, disperatamente.

Margareta

> Salut! Demeure chaste et pure
> [...].
> Que de richesse en cette pauvreté!
> En ce réduit que de félicité!
>
> Faust, *Faust*

Sempre a piedi, dopo la rapida toeletta, tornai al Louvre.

Resi omaggio alla Gioconda e fotografai da ogni angolazione la Vittoria di Samotracia.

Poi, essendo già quasi buio, mi avviai verso il boulevard Raspail. Intendevo fare acquisti alla libreria delle Belles Lettres, le cui edizioni in Italia si trovavano con difficoltà e a prezzi esagerati. Erano esagerati anche lì. Mi limitai all'acquisto delle opere storiche di Tacito, che possedevo in una brutta edizione tascabile italiana. Me ne sarei servito per spiegare a Marcello *L'incoronazione di Poppea.*

Mi procurai una tessera telefonica e lo chiamai. In fretta gli raccontai la mia splendida giornata.

"Turista!" mi gridò.

E promise che mi avrebbe mostrato lui la vera Parigi. Evitò accuratamente di interrogarmi su Marzio.

*

La Ines aveva disposto che passassi quelle due notti presso una sua cugina. Io avrei preferito alloggiare in un albergo, come suggeriva la Glò (lei consigliava l'Hôtel Bonaparte), ma sapevo che neanche di quello avrei mai visto il rimborso.

Il palazzo si trovava ai piedi del Sacré-Cœur, in una via popolare, stretta e disadorna, dalla quale però si coglieva uno spicchio di panorama davvero spettacolare. In fondo, prima di una scalinata, c'era una *boulangerie*, dove acquistai, in mancanza di meglio, un filone di pane con le uvette.

La Margareta mi accolse con un abbraccio. Le prime parole che le rivolsi furono: "Je suis désolé".

Capì il mio imbarazzo e si affrettò a rassicurarmi. Lei amava avere ospiti, chiunque fossero e da chiunque venissero mandati. In ogni caso, sua cugina aveva parlato molto bene di me. Le aveva raccontato anche che avevo portato in salvo Titus e che la Glò lo aveva accecato con un calcio.

Sapeva anche della mia missione.

Mi mostrò la casa. Piccola, ma divisa in diversi ambienti: un ingresso, una cucina, un salottino, una camera da letto, un bagnetto. Tutte le pareti, comprese quelle del bagnetto, erano coperte di libri, in prevalenza romanzi e racconti; e si notavano ovunque oggetti esotici – maschere, ceramiche, tappeti – che indicavano buon gusto e amore per i viaggi.

Durante la cena, si parlò inevitabilmente della Glò. La Margareta la detestava. Si augurava che il marito fuggitivo non ricadesse nella sua rete.

"*Quelle femme horrible. Une mégère!*" ripeteva tra sé e sé, con una smorfia di disgusto.

In quindici anni non l'aveva incontrata più di due o tre volte, ma sapeva bene quanto maltrattasse la Ines. Per questo, finché rimase a Parigi, non aveva mai smesso di esortare quella disgraziata cugina ad andarsene e di invogliarla a imparare il mestiere di massaggiatrice, il suo, che rendeva *pas mal* e lasciava molta libertà. Ma la Ines, benché non smettesse di lamentarsi della vita che conduceva nella casa della Gloria, non le aveva mai dato retta.

"*Ma cousine, elle est trop gentille*," disse la Margareta con un sorriso rassegnato, come per distrarmi dalla verità che incominciavo a intuire. "*Elle a toujours été comme ça.*"

Quelle ultime parole mi offrirono l'occasione per interrogarla sul passato della Ines. Così appresi che aveva studiato canto e violino al conservatorio di Buenos Aires. Per troppa modestia non aveva tentato la carriera musicale. Ma era dotatissima! Una gran bella voce! Un talento davvero sprecato... Per qualche anno aveva insegnato in una scuola privata e poi, come molti, era partita, prima che si mettesse male anche per lei. La sua prima tappa era stata New York. E lì, dopo una recita della *Traviata*, aveva conosciuto Marzio Giuffrida, *ce grand artiste.*

Ecco spiegate alcune cose... Povera Ines! A che prezzo aveva accettato di pagare la propria fedeltà... Anche lei stava aspettando il ritorno di Marzio.

Ci ritirammo solo dopo molti bicchieri di vino, a tarda notte. A me toccò la camera da letto, nonostante le mie proteste. Ma la Margareta non volle sentir ragioni. Lei, mi disse, poteva dormire anche su una sedia. E poi non aveva tanto bisogno di dormire...

’Na camurria

Al braccio mio
illesa altri la diede,
e renderla degg’io
illesa.

Clistene, *L’Olimpiade*

La mattina seguente, intorno alle dieci, ero in rue Vaneau. Nessun nome sul citofono.

Insospettita dai miei movimenti, la *concierge* mi aggredì con alcune parole incomprensibili, che interpretai come un caloroso invito a togliermi dai piedi.

Per evitare complicazioni, mi spostai subito sul marciapiede di fronte, rassegnato ad aspettare chissà quanto.

Ma la fortuna volle assistermi. Marzio uscì appena un’oretta dopo. Da solo. Anche questo era un dono della fortuna, seppure, lì per lì, mi dispiacque non vederlo apparire con la Adamova. Attraversai la strada e gli corsi dietro. Camminava veloce, a gran passi. Lo chiamai. Lui mi ignorò. Lo raggiunsi e provai a dirgli il mio nome. Con un sospiro d’impazienza estrasse una penna stilografica dal taschino interno del cappotto e mi chiese un pezzo di carta. Mi aveva scambiato per un fan (cosa che in parte, certo, ormai ero). Ripetei il mio nome, feci quello di Marcello, gli ricordai l’incontro dell’estate prima... Allora si fermò e mi guardò in faccia. Mi riconobbe, ma riprese subito a camminare di gran carriera. Io sempre dietro. Disse che doveva correre a un appuntamento, che era già in ritardo. Mi affrettai a spiegargli che ero venuto per la Vanna. Le davo ripetizioni e la Gloria mi aveva incaricato di riportarla a Milano.

"Ah!" esclamò. "Finalmente Madame ha pensato qualcosa di buono! Ripassa oggi pomeriggio..."

*

Visitai la tomba di Napoleone, mangiai un *croque monsieur* in un caffè nei pressi e nel primo pomeriggio ritornai in rue Vaneau. La *concierge* mi accolse ancora in malo modo, ma, quando le comunicai che ero atteso da Monsieur Giuffrida, non poté far altro che annunciare il mio arrivo.

Ad aprirmi venne la governante, una signora anzianotta, nera, in divisa.

Eccomi nella casa dove aveva vissuto il mio Titus! Che fosse anche il paradiso perduto della Glò non mi passò neanche per la mente, lì per lì.

Marzio stava guardando la televisione nel salotto. Accanto a lui sedeva la Adamova. Lei in persona: la troia russa! Gli allacciava la vita con un braccio e teneva appoggiata la testa sulla sua spalla. Come fui davanti al divano, si alzò e, fatto un rapido saluto, si ritirò. Aveva già un bel pancione.

"Accòmodati," mi invitò lui, senza disturbarsi.

Non ci fu bisogno che dicessi niente. Decise tutto lui.

"Allora, quand'è che partite?"

"Domani sera. Per forza... Io sono in licenza fino a dopodomani..."

Senza esitazione mi disse che della figlia non ne poteva più. La definì "'*na camurria*"... Ora, da brava, Vanna se ne tornava a Milano e riprendeva a vivere con la madre, visto che lui era pienissimo di impegni e non aveva tempo da dedicare a lei. Ma soprattutto se ne tornava a scuola. A scuola, che minchia, ci era andato anche lui, pure se gli piaceva di più cantare... Avesse potuto scegliere, avrebbe cantato e basta. Però, la scuola era utile. A cosa, non si sapeva. Almeno ti teneva impegnato, se non avevi altri interessi. Lì, a Parigi, Vanna buttava solo le sue giornate, sempre in bagno, davanti allo specchio...

La fece chiamare dalla governante.

Arrivò silenziosa come una farfalla. Abbronzata e scalza.

Trovandomi lì, per poco non le venne un colpo. Rimase con la bocca spalancata, rossa di rabbia, nel centro della stanza, là dove lo choc l'aveva bloccata. Poi distolse gli occhi lampeggianti da me e con un filo di voce domandò al padre: "*Qu'est-ce que tu veux?*".

Lui le spiegò che ero venuto a riprenderla. Le vacanze erano finite.

E lei:

"*Je connais pas ce con; je l'ai jamais vu... Appelle la police!*".

Il padre scoppiò in una risata.

"La polizia! Che minchia dici? Sergio è l'amico di Marcello, lo conosco benissimo: ci siamo visti l'estate scorsa a Stresa... Avanti, niente storie. Comincia a preparare la valigia, meschina, o vengono ad arrestare *a tia* se continui così... Domani sera tu parti."

Il labbro inferiore della sua bella bocca cominciò a tremare.

"*Je te déteste!*" gridò al padre.

E, lanciata a me un'ultima occhiata velenosa, si precipitò fuori dalla stanza.

*

Nel poco tempo che mancava alla partenza cercai di vedere il maggior numero possibile di cose: il Quartier latin, il Sacré-Cœur, la Sainte-Chapelle, place des Vosges... E l'Opéra, nel cui negozio acquistai la *Manon Lescaut* della Adamova.

Per non rovinarmi il piacere di quell'estremo girovagare, dal viaggio di ritorno distoglievo il pensiero il più possibile.

Prevedevo, infatti, che non sarebbe stato facile. Prevedevo anche che l'ira della Vanna a Milano si sarebbe scatenata, una volta scoperta la sparizione di Titus...

Passai la notte seguente a piantonare il corridoio del treno. Peggio della caserma. Ero certo che la Vanna avrebbe approfittato della prima occasione per darsela a gambe. Non dovevo distrarmi un attimo. Un paio di volte, avendo il treno rallentato, si calò dalla cuccetta, con tanto di cappotto addosso, e procedette verso il fondo del corridoio. Attraversò diverse carrozze, finché, esasperata dal mio pedinamento, si chiuse nel gabinetto. Ogni volta, ne uscì dopo una lunga mezz'ora, e solo perché io avevo continuato a picchiare sulla porta.

Non scambiammo una parola per tutta la durata del viaggio. Non parlammo neanche sul taxi che dalla Stazione Centrale ci riportò alla villa. Solo sul portone, finalmente, si degnò di rivolgersi a me:

"*Espèce de connard*".

Ed entrò con una spallata.

Missione compiuta.

Ma il peggio, lo sapevo, doveva ancora venire.

V

Leggere Proust

Vanne pur lieto [...].
Venere, *Dafne*

Alla villa non tornai né il giorno dopo né quello dopo ancora...

Ma ci sarei mai tornato?

Alla Glò mandai un biglietto, tramite Marcello, in cui le presentavo le mie dimissioni e, perché non se la prendesse troppo e, anche per non passare per fesso, la esoneravo dall'obbligo di corrispondermi il dovuto. Inutile notare che per le tante ore di ripetizioni che avevo dato alla figlia non aveva ancora sborsato una lira.

Marcello accettò la mia volontà senza protestare. Questo atteggiamento, se da una parte mi semplificava le cose, dall'altra mi lasciava capire che avevo fondate ragioni per credere che, se avessi continuato a frequentare la villa, mi sarei cacciato nei guai per davvero. Ma perché lui, avendo chiara la situazione (il biglietto gliel'avevo ben letto, prima di chiudere la busta), non si schierava apertamente dalla mia parte? Perché l'eventualità di un conflitto tra me e la Glò lo portava a scegliere una preventiva neutralità? Queste domande, tuttavia, evitavo di pormele in modo tanto diretto. Le questioni di principio – qui dovevo dar ragione alla filosofia della Glò – mi avrebbero tolto la pace; e la nostra amicizia, che continuavo a considerare la cosa più bella che mi fosse mai capitata, sarebbe uscita in pezzi... Marcello non era un cuor di leone, questo l'avevo constatato già in varie occasioni. Era un opportunista, era – ecco che cos'era – un conservatore: il figlio dei suoi genitori, il nipote di sua zia, il cugino di sua cugina... Un borghesone pure lui. Prendere o lasciare.

Invece, non avevo nessuna difficoltà a domandarmi come la Glò avesse reagito alle mie parole scritte. Ma soprattutto come avesse reagito la Vanna alla sparizione di Titus. Aveva pianto? urlato? dato i numeri? Con chi se l'era presa?... E aveva detto alla madre che io già conoscevo Marzio? E la rivelazione in che luce mi metteva?

Marcello, alle cui orecchie qualcosa doveva pur esser giunto, non si pronunciava. La Vanna e la Glò sparirono dalle nostre conversazioni. Come se non fossero mai esistite. Ormai lui parlava quasi solo della messa in scena del suo *Orfeo*, che si avviava alla conclusione. Prima dell'estate avrebbe consegnato il progetto – che non mi chiedeva più di revisionare – e si sarebbe diplomato all'Accademia. E poi via, a Parigi!

Parigi... Anche di Parigi si parlava poco, con ritegno, perché non mi perdonava di esserci andato senza di lui. Per paura di ferire il suo orgoglio non avevo mai avuto il coraggio di dirgli neanche che avevo visitato l'Opéra. Forse, invece, sarebbe stato fiero di me, se l'avesse saputo... Secondo lui, io a Parigi non ci ero ancora andato. La Parigi vera era un'altra, mica quella della Tour Eiffel o della Gioconda, che, fra l'altro, non era *grand-chose* e valeva molto meno della *Vergine delle rocce.* L'avevo notata, o mi ero lasciato inghiottire dalla folla dei turisti?...

Se la confidenza era diminuita, non lo era però l'affetto – se "affetto" è la parola giusta. Io, per lui, provavo anche di più che questo. Io provavo *gratitudine* – checché la Glò pensasse di un simile sentimento. Sì, gli dovevo molto; con lui avevo trovato quel rinnovamento cui tanti pensieri avevo rivolto nelle lunghe giornate della mia vita di provincia, senza neppure sapere in quale forma sarebbe mai potuto arrivare e se mai sarebbe arrivato... Marcello mi aveva cambiato. Fin dal primo momento. L'avevo contestato per la sua diversità, ma avevo fatto il possibile per assomigliargli.

*

I nostri incontri si diradarono. Ci si trovava alla mensa o allo spaccio, tra la gente, e ci si scambiava un rapido saluto. Una volta, però, andammo alla Scala, dove non avevo ancora messo piede. Alla mia educazione mancava ancora questa fondamentale esperienza. E Marcello, nonostante tutto, sembrava non aver abdicato al compito pedagogico che si era assunto fin dai giorni di Albenga. Davano *I lombardi alla prima crociata*, con la Dimitrova e Carreras. Fu una serata triste, l'opposto di quella di Stresa. Marcello sbuffò per tutto lo spettacolo. "Ma no ma no ma no..." ripeteva. Carreras era un affascinante paradigma dell'incapacità tecnica... "Tutti i vizi li ha lui..." Neanche l'aria di Giselda, "Se vano è il pregare", andava. "Dopo la Maria non resta nessuna possibilità neppure alla migliore..." E con Verdi il problema era sempre lo stesso: troppa realtà... Insomma, assistemmo a una rappresentazione simbolica del declino in cui era entrata la nostra amicizia.

La sera ormai la passavo in caserma. Mi ritiravo in un angolo dello spaccio con il mio trancio di pizza e leggevo Proust. Sulla mappa cercavo i luoghi che il romanzo menzionava e prendevo appunti su un quaderno. Certi commilitoni meridionali, *habitués* dello spaccio, divertiti da quella mia appassionata attività, mi soprannominarono " 'o professò". Un caporale – uno di Roma – mi prese in odio e mi punì ripetutamente. Diceva che non mi alzavo dal letto in orario (cosa in parte vera, che nessuno, però, prima si era mai preso la briga di condannare). Pazienza... Era finito il tempo in cui mi terrorizzava il pensiero che qualcuno o qualcosa potesse impedirmi di andare alla villa.

La domenica, adesso, tornavo volentieri a Mantova. Prima di riprendere il treno, passavo con i miei a trovare Titus. Quante feste mi faceva! Mi leccava le mani e mi girava intorno e mi passava in mezzo alle gambe e mi puntava le zampe sullo stomaco... Stava sempre meglio: in carne, spazzolato, gioioso. Non abbaiava quasi più. L'Arturo mi confessò, a bassa voce, come se gli altri cani potessero sentire, che lo adorava. Quel cagnetto era il suo preferito! Intelligentissimo, davvero un prodigio... Sapeva leggergli nella mente!

Tutto divino

Quanti bocconi amari
mi si fanno inghiottir.

Geronio, *Il turco in Italia*

Verso la metà di marzo Marcello mi avvicina in mensa: "La Vanna vuole vedere Titus".

La vista mi si annebbia. Per poco non mi cade il vassoio di mano.

Lascio che anche lui si sieda e gli domando:

"Siamo sicuri che lo vuole solo vedere?... Non è che si è messa in testa di andare a riprenderselo? Devi dirle che non è possibile. Il cane non è più suo. La madre l'ha dato via da oltre due mesi. E Titus sta benissimo dove si trova. È accudito, nutrito... Amato! Sarebbe un delitto riportarlo a Milano. Una viltà... Un'ingiustizia!". La voce mi cedeva. "E per la Vanna sarebbe diseducativo al massimo! Ti immagini? La madre prima glielo toglie e poi glielo ridà. Assurdo! E poi l'Arturo ha speso anche un sacco di soldi per rimetterlo in sesto, tra visite e vaccinazioni e medicine. E io che figura ci farei? Io non voglio andarci di mezzo. Bisogna pensare al bene di Titus e rispettare i sentimenti delle persone...".

"*Que tu exagères!*" mi interrompe Marcello. "Il tuo Titus nessuno lo tocca. Figurati! Cosa vuoi che importi a mia zia o alla Vanna di riprendersi il cane dopo tutto 'sto tempo... La Vanna se n'è fatta una ragione. All'inizio, certo, s'è dispiaciuta. Mettiti nei suoi panni! Lei torna e il suo cagnolino non c'è più. Titus, lo sai anche tu, rappresenta il padre, che gliel'ha regalato... Chi le manca più di tutto? Il padre, appunto... Comunque, non ti preoccupare. Ora si è calmata. Però, le piacerebbe rivederlo un'ultima volta, sapere dov'è finito... Mica è vietato, no?"

"No, certo, non è vietato... Io dico però che è strano. Ce l'aveva in casa e manco lo guardava..."

"Ma dài, Sergio, non diciamo assurdità... Come se tu guardassi... che ne so? tua sorella dalla mattina alla sera quando le sei vicino. Però, se si trasferisse, ti verrebbe la voglia di farle una visitina, no?... In ogni caso, non è vero che la Vanna non lo guardava, Titus... Lo guardava come può guardare il suo cagnolino un'adolescente, che ha mille altre cose per la testa... In più tu lei l'hai conosciuta in un momento molto particolare della sua vita. La Vanna è meglio di quel che credi. È una brava ragazza. Attento a non confonderla con la madre... Su, non essere cattivo..."

Adesso il cattivo ero io!

Come non entrare in aperto conflitto con lui? Come non trasformare in dissidio una volta per tutte la sempre più incolmabile distanza che ci separava?

Divagammo per amor di pace. Finimmo per parlare della *Frau ohne Schatten*, che avevano appena dato alla Scala. Lui, come mi aveva già spiegato, odiava l'opera tedesca. Ma questo spettacolo era stato una vera meraviglia. Allestimento di Ponnelle e direzione di Sawallisch. Tutto divino.

"Peccato che te lo sia perso."

Quella stessa sera telefonai all'Arturo. Non sapevo nemmeno come affrontare il discorso. Mi sentivo colpevole, debole, crudele. E lo ero.

In qualche modo riuscii a dirgli che la Vanna voleva rivedere Titus. Un capriccio, niente di più...

Con mia enorme sorpresa, non diede nessun segno di fastidio o preoccupazione.

"Venga pure," disse placido. "Così vedrà come si trattano i cani e si renderà conto della sofferenza che ha causato a quel disgraziato. Sono proprio curioso di vederla in faccia, la signorina Giuffrida."

Quel guinzaglio

Il partito peggior sempre sovrasta,
quando la forza a la ragion contrasta.

Seneca, *L'incoronazione di Poppea*

La domenica mattina Marcello passa a prendermi in caserma. In macchina ci sono sia la Vanna che la Gloria. Siedono dietro.

Ci scambiamo un gelido saluto e partiamo.

Durante il viaggio, che sembra non finire mai, nessuno fiata. Ogni tanto lancio uno sguardo allo specchietto retrovisore. Eccole qui, le mie nemiche... Ma che cosa sta succedendo? Che stiamo facendo tutti insieme in quest'automobile? Io le detesto e loro detestano me; e si detestano tra loro; e la Glò detesta Marcello... Che è stato di quel rispettabile fantasma di ordine che, portando in salvo Titus, io avevo creato?

All'improvviso la Gloria rompe il silenzio:

"Sergio, non ti credevo così vile...".

Un perfetto endecasillabo, che mi si imprime sull'anima.

Non aggiunge altro, nessuna spiegazione.

Io non replico, come se nessuno avesse profferito motto. Resisto anche alla tentazione di spiarla attraverso lo specchietto. Mi sembra di sentir la Vanna sghignazzare. Non sono sicuro. E penso: "Perché stamattina non litigano?".

Silenzio assoluto per il resto del viaggio.

Nella campagna la primavera è già avanzata. I rami sono punteggiati di verde e il cielo si colora di un effimero azzurro. E dai finestrini entra un'aria odorosa.

Quando arriviamo, l'Arturo sta spazzando l'aia. Indica a

Marcello dove parcheggiare, là, sotto il tiglio, e ci viene incontro, dondolando il suo testone.

Scendiamo tutti e quattro dalla macchina.

"Piacere," dice agli sconosciuti. "Io sono l'Arturo..."

E stringe la mano a tutti, cominciando da Marcello, il più vicino.

La Glò e la Vanna, ripulendosela contro la stoffa della giacca, si voltano verso di me e sulle loro facce si legge l'accusa: "Un nano!!!".

I cani tengono i musi infilati tra le maglie della rete.

"Entrate," ci invita l'Arturo. "Vado a cercarlo..."

*

L'apparizione di Titus è preceduta da latrati assordanti, gli stessi che ho sentito già tante volte alla villa. A fatica si distingue la voce dell'Arturo, che cerca di calmarlo:

"Buono, buono, Titus! Ma che hai stamattina? Mi vuoi far fare brutta figura... Forza!".

Arriva al guinzaglio.

Eccolo. Pulito, morbido, sano. Un esemplare perfetto della sua razza. Bellissimo.

Non si vuole calmare. La Vanna muove un passo verso di lui, e lui abbaia e ringhia con maggior furia... Lei, per nulla intimorita, lo tocca. Allora succede una cosa che mai mi sarei aspettato: Titus smette di abbaiare e comincia a piangere. Piange sbigottito, sotto le carezze sempre più frequenti di lei, l'ex padroncina, che gli parla in francese a bassa voce. Intanto gira il muso di qua e di là, annusando l'aria alla disperata ricerca dei suoi veri amici. Ma dove ci siamo dileguati?

"Lo porto a fare un giretto," dice la Vanna.

L'Arturo, dopo un momento di esitazione, le cede il guinzaglio. E lei lo trascina fuori. Sì, deve trascinarlo letteralmente, perché Titus non ha nessunissima voglia di seguirla.

L'Arturo prepara il caffè e lo serve. Con una smorfia schifata anche la Glò lo accetta.

Svuotate in fretta le tazzine, usciamo di nuovo sull'aia, nel sole già molto tiepido, che asciuga le pozzanghere.

Titus si rifiuta di procedere, per quanto la Vanna tiri e strattoni; e, strangolato dal collare, emette fievoli ululati, cui fanno eco i mugulii degli altri.

"Piano, piano," la avverte l'Arturo.

E le si avvicina, con l'apparente intenzione di soccorrere l'animale.

"Non si permetta!" lo fulmina la Gloria. "Guai a lei se tocca quel guinzaglio!"

Con un improbabile balzo gli si è piantata davanti, enorme, un ciclope. Lo sovrasta quasi di mezzo metro.

"Forse non ha capito chi siamo noi," tuona. "Mio marito è Marzio Giuffrida e se osa rivolgersi ancora una volta a nostra figlia in quella maniera se ne pentirà! Mio marito può rovinarla come niente!"

Al suono di quella voce i cani, tutti, attaccano ad abbaiare e si mettono a correre avanti e indietro per il recinto.

La Glò fa un cenno alla figlia; e quella, all'istante, prende Titus in braccio e si precipita verso la macchina, agitando una museruola.

"Il cane torna a Milano, a casa sua," prosegue la Glò, mentre comincia a retrocedere, senza perdere di vista la rete. "Molte grazie per l'ospitalità e le cure. La rimborserò; mi invii le ricevute delle spese che ha sostenuto. E, le ripeto, non le salti in mente di mettersi contro di noi. O può anche dire addio al suo bel canile."

Marcello, in tutto questo, è rimasto a bocca chiusa. Anch'io. Tutto si è svolto così in fretta...

"Tu resti?" mi domanda il mio amico all'improvviso.

Non gli rispondo e provo a raggiungere la Gloria. Ma l'Arturo mi afferra una mano.

"Lascia stare," mi ordina con gli occhi rossi di pianto. "Non ne vale la pena..."

"Domani te lo riporto," balbetto. "Domani, giuro, Titus torna qui da te..."

Intanto anche Marcello è salito in macchina. Neanche per un momento voglio credere che stia per andarsene. Credo, invece, che sia salito in macchina per parlare alle due. Tra qualche minuto la portiera si aprirà, lui ne uscirà trionfante e Titus tornerà tra i suoi amici...

Ma non andò così. Il motore rombò e la macchina partì a tutto gas.

Nell'aria splendente rimase una lunga nuvola di terra.

La restituzione delle chiavi

Addio, senza rancor!
Mimì, *La Bohème*

Addio!
Edgardo e Lucia,
Lucia di Lammermoor

Da dove ricominciare? Come riparare il danno? Anzi, *i danni*? Titus l'avrei salvato di nuovo, in un modo o nell'altro. Di nuovo, presto o tardi, l'avrei strappato alle grinfie delle sue aguzzine. Infatti, che ci mettevo a caricarlo un'altra volta in macchina? Avevo ancora le chiavi della villa. Alla prima occasione, sarei entrato e via... Ma quel che c'era stato tra me e Marcello, quello chi poteva salvarlo? Nessuno. Neppure noi. Era morto. Il suo tradimento non permetteva resurrezioni.

In caserma, quando mi imbattei in lui la settimana seguente – grazie al cielo stavamo attraversando il cortile, dove era proibito attardarsi, e intorno a noi c'erano parecchie persone –, non risposi al suo saluto.

In mensa smisi di andare. Come già era capitato, pranzavo fuori orario, allo spaccio, per esser certo di non incontrarlo.

Passati alcuni giorni, venne a cercarmi in fureria. Il cuore mi balzò in gola. Gli ordinai di lasciarmi in pace. Mi disse che non aveva avuto scelta. La Vanna voleva rivedere il suo cane; e lui aveva dovuto accontentarla. Non immaginava certo che, una volta lì, se lo sarebbe ripreso. Però, in fondo, io e la madre gliel'avevamo sottratto in modo sleale, lei non aveva tutti i torti...

"Vattene. Il vile sei tu," gli dissi, citando la Gloria. "Non cercarmi più."

E riabbassai gli occhi lacrimosi sulle solite scartoffie.

Smisi anche di leggere Proust.

*

Alla fine del pomeriggio andavo a trovare Titus. Tutti i giorni. Perché non lo portassi via, lo tenevano attaccato al tubo della grondaia con un pezzetto di catena.

Alla pena e alla rabbia che provavo a quella vista mischiavo la paura di venire sorpreso. Una volta, sentito cigolare il portone, corsi a nascondermi dietro a un cespuglio. Era la Ines che usciva a buttare le immondizie. A lei, certo, mi sarei potuto mostrare, ma ormai a che serviva? Che c'era ancora da dirsi? Sì, mi venne in mente di renderla mia complice. Ma avrebbe funzionato? No. Tutto era perduto. Lo sapevo bene. Anche lui, Titus, lo sapeva. Mi leccava le mani, scodinzolava, guaiva, ma non esprimeva nessuna contentezza. Se all'inizio dovette credere che tornassi per ridargli ancora una volta la libertà, presto capì che questa non sarebbe arrivata mai più.

Non da me almeno.

Smisi di parlargli e poi anche di avvicinarmi. Lo guardavo dalla strada, tra i ghirigori floreali delle sbarre, come già, prima della concessione delle chiavi, avevo guardato il giardino. Lui, costretto dalla corta catena a contorcersi come un lombrico, sempre più malconcio e sofferente, alzava il naso e inseguiva il mio fantasma nell'aria. Anche lui era già un fantasma... Quanto gli restava da vivere? Un mese? Una settimana?

Un pomeriggio misi le chiavi in una busta, indirizzata alla Romilda, e lasciai cadere il tutto nella casella delle lettere. Fine. Senza discorsi e senza pianti. Mi proibii perfino di salutarlo un'ultima volta.

Neanche cercai più l'Arturo. Non avrei provato maggiore vergogna e colpa se per una qualche fatale, mostruosa disattenzione gli avessi ucciso tutti i cani... Chissà se gli capiterà mai di leggere questo mio racconto. Se sì, mi auguro che ci trovi le scuse che allora non ebbi la forza di porgergli.

Come Orfeo

> Sovente amor
> ha soave principio e fine amaro.
>
> Lisa, *La sonnambula*

La mattina del congedo ero certo che Marcello sarebbe venuto a darmi un saluto. Invece non venne, né all'uscita dalla caserma né alla stazione. Quella era anche la mattina del suo congedo. Ma stavolta non eravamo insieme. L'improvviso ricordo della nostra prima conversazione mi diede una fitta allo stomaco. Lasciavo la caserma senza sollievo, pieno di nostalgia. Come Orfeo, uscivo anch'io girandomi indietro. Non mi era mai venuto in mente: forse, Orfeo, conosciuta la morte, se ne era innamorato...

*

Non passò molto tempo che cominciò a telefonarmi.

Mi supplicava di farmela passare. Era assurdo chiudere un'amicizia così, perché rovinare tutto? Per un cane?... Che senso aveva tanta durezza?

Io ero il primo a soffrire. Avevo nausee, vertigini, un mal di stomaco continuo, che mi toglieva la pace di giorno e il sonno di notte... Ma ormai era tardi per le riconciliazioni.

Un pomeriggio, dato che ormai mi negavo al telefono, si presentò a casa nostra. Non lo lasciai entrare. Scesi giù in strada e mi chiusi in macchina con lui. Pioveva a dirotto. Era bello sentire la pioggia sul tetto. L'acqua velava i vetri e non si vedeva più niente. Il profumo di Marcello saturava l'abitacolo. Lui, almeno, ebbe il coraggio di sfiorarmi la mano. Ma non mi mossi. Che cosa mi impediva di offrirgli la bocca un'altra volta?

Era venuto per dirmi che stava per diplomarsi e che prima dell'estate si sarebbe trasferito a Parigi. C'era posto anche per me nell'appartamento di rue de l'Abbé de l'Épée. Ci contava... E non mi preoccupassi di nulla. Un lavoro per me sarebbe saltato fuori – da Gallimard, da Flammarion, alle Belles Lettres...

"Ti aspetto," mi disse, accarezzandomi la testa, come ai vecchi tempi della felicità. "*Compris?*"

A maggio feci di tutto per acquistare un biglietto per *Pelléas et Mélisande.* E ci riuscii. Tornavo alla Scala con la pretesa di andarci a sentire un po' di buona musica, senza che avessi più bisogno degli inviti di Marcello Filangieri. Invece ci tornavo con la segreta speranza di rincontrare lui.

Per tutto il tempo dello spettacolo mi affaticai a cercarne la testa giù in platea. Mi ero addirittura munito di binocolo. Niente. Né lo incrociai al bar durante gli intervalli. Fuori lo aspettai fino a che anche l'ultimo spettatore non fu uscito e la maschera non ebbe chiuso il portone. Doveva aver scelto una sera diversa... Da allora il capolavoro di Debussy per me significa, immutabilmente, l'attesa frustrata e la speranza di un nuovo ritorno.

Domande

> [...] né togliermi dal core
> l'immagin sua saprò.
>
> Leonora, *La forza del destino*

In settembre partii anch'io. Non per Parigi. Io partii per l'America.

Prima dell'estate, benché il termine per la presentazione della domanda fosse scaduto da un pezzo, avevo chiesto al dipartimento di Classics della Columbia University di ammettermi ai corsi di dottorato che iniziavano quell'autunno. Non che avessi voglia di prendere un dottorato. Io avevo solo voglia di scappare. E il più lontano possibile.

La risposta che ricevetti fu negativa, come c'era da aspettarsi. Ma poi, quasi alla vigilia dei corsi, arrivò una rettifica. Un altro straniero, scelto già l'anno prima, aveva rinunciato alla borsa e quindi il posto per me saltava fuori.

Che colpo di fortuna! Tra me e quella storia andavo a mettere un oceano! Presto avrei dimenticato tutto... Io *volevo* dimenticare!

Invece no. Ahimè, come la Nedda dei *Pagliacci*, "nulla scordai", nonostante la distanza, nonostante il cambiamento radicale di abitudini e le nuove frequentazioni. Marcello e la sua ombra appartenevano definitivamente, incancellabilmente al paesaggio dei miei pensieri, come il volo degli uccelli al cielo. E ai miei discorsi. E con lui la Vanna e la Glò. Non perdevo occasione per raccontare a chi che fosse la storia del povero cagnolino martire, affinché anche in quella città lontana, patria di ogni libertà, tra persone che appena mi conoscevano e che avevano una vicenda diversissima dalla mia, il suo sacrificio fosse salutato da una lacrima pietosa e la cattiveria delle persecutrici dalla riprovazione assoluta.

*

Nell'estate del '93 morì Marzio. Un infarto, così raccontarono i giornali, forse procurato da un'eccessiva dose di cocaina. L'inverno seguente avrebbe dovuto cantare al Met in un nuovo *Andrea Chénier*.

Pensai di scrivere a Marcello. Finalmente... E – lo so che è pazzesco – ringraziai Marzio per la sua morte improvvisa.

Buttai giù un paio di frasi confuse, le cancellai, ricominciai. Provai e riprovai per una settimana. Alla fine rinunciai. Perché, in fondo, rompere il silenzio, che avevo composto assai meglio di quanto potessi o avessi potuto comporre qualunque dichiarazione?... Perché Marcello mi mancava, perché era diventato la mia vita... Ecco la cosa che bisognava scrivere. Ma quella cosa, allora, riuscivo appena a confessarmela... E quante erano le cose che non ci eravamo confessati nel corso di quell'anno stupendo, né a noi stessi né l'uno all'altro... Di che si era parlato veramente?

Ero convinto che prima o poi si sarebbe fatto vivo lui. Per lungo tempo, dopo la morte di Marzio, ho aspettato una sua lettera o una sua telefonata. Sarebbe bastato che contattasse mia madre per arrivare a me... Invece no. Rispettò il mio silenzio. Perché? Quante volte nel corso degli anni ho cercato rue de l'Abbé de l'Épée sulla cartina di Parigi, quella stessa che mi aveva dato lui e che mai gli avevo restituito...

E della Gloria e della Vanna che cos'era stato?

Come vivevano?

Dove?

Epilogo

Buenos Aires

[...] tutto so, tutti assolvo, e tutto oblio.

Tito, *La clemenza di Tito*

Morrò, ma di mie colpe
la memoria vivrà [...].

Anassandro, *Merope*

Era il maggio del 2010 e io mi trovavo a Buenos Aires per una breve vacanza. Stavo passeggiando dopo pranzo per la Recoleta, nei pressi del cimitero, quando mi parve di rivederla.

"La Ines!" esclamo ad alta voce.

Siede su una panchina e sfoglia un giornale.

Questa signora, però, ha i capelli bianchi, e un fisico minuto, che la Ines non aveva. Naturale. Sono passati venticinque anni, un quarto di secolo. La Ines, adesso, è una donna anziana. Il tempo l'ha rinsecchita, conferendole un'aria elegante e ascetica, che ricorda quella della cugina Margareta.

Mi avvicino per assicurarmi di non essere vittima dell'autosuggestione.

Anche lei mi riconosce. Ripiegando il giornale, mi chiama per nome:

"Sergio!".

E mi si butta tra le braccia.

"Ma *que haces* a Buenos Aires?"

"Tu, piuttosto," le dico. "Dunque non lavori più per la Gloria..."

"Oh no, la Gloria è *muerta* da tanto..."

La invito a bere un caffè, ma rifiuta, perché ha un impegno tra poco. Però mi dà appuntamento per la fine del pomeriggio.

*

La incontro di nuovo alle sei, vicino al teatro.

Ci sono così tante cose che voglio sapere! Ma la Ines non è brava a rispondere. Divaga, scherza, mi racconta le ricette dei suoi dolci preferiti. Dice che ha scoperto lo yoga... Sparlare della Gloria non le interessa più. Preferisce informarsi sulla mia vita, sul mio lavoro...

Le dico che non me la passo male, che ho una buona posizione...

"All'università?"

"Sì, all'università..."

"E le poesie?"

Si ricorda che scrivo poesie...

"Sì, ne scrivo ancora..."

"E donne? Sei *casado*? Hai figli?"

"No, non mi sono sposato..."

"E i tuoi?"

"Bene, grazie, ancora in buona salute... Il papà ha venduto il negozio, ma è ancora abbastanza attivo..."

E altre chiacchiere del genere...

Comunque, con un po' di pazienza, per la fine di quell'incontro raccolsi il resto della storia.

Marzio, nato il bambino, mollò la troia russa e tornò all'ovile. Il figlio, però, lo riconobbe. Dell'adempimento delle pratiche si occupò la stessa Gloria (fedele alla sua etica opportunistica fino al masochismo).

Presto riuscì a convincerlo a cantare con lei in pubblico, al Litta. Ma quello per lei non fu affatto un trionfo. E meno male che lui l'aveva dissuasa dal proporre le arie più difficili. Il pubblico la fischiò e i critici la derisero. Di Marzio si scrisse solo che era un marito troppo *bueno*.

Il fiasco le rese odiosa l'Italia. Volle trasferirsi di nuovo all'estero. Stavolta scelse Londra.

Morto Marzio, si ributtò nel canto. Davvero s'illudeva di avere ancora una carriera davanti. Una fulgida carriera! Fu scritturata da Harrod's, i grandi magazzini, e cominciò a cantare la domenica mattina, affacciata a uno dei balconcini interni. Il suo pubblico erano i passanti delle scale mobili. Avendo carta bianca, cantava qualunque cosa, in qualunque modo. A un suo segnale la Ines, appostata in un angolo del pianerottolo, dava inizio agli applausi...

Ci teneva ai concertini domenicali, la Gloria. Oltre al prestigio, ne traeva non disprezzabili guadagni (lei, *mentirosa*, sosteneva di ricevere somme profumatissime); e le era accordato il diritto di consumare due bicchieri di spumante al bar dell'ultimo piano. Insomma, tutto procedeva a gonfie vele. Era diventata la diva che non era potuta essere in giovinezza ed era la vedova di Marzio Giuffrida. Nessun'altra glielo avrebbe mai più portato via.

Ma la Gloria non era destinata alla felicità. Sapevo, no, del matrimonio della Vanna?... Come! Non sapevo che la Vanna si era sposata con Marcello? Ma sì, *con lui*, non era una *locura*? I due cugini marito e moglie; *el maricón y la puta*. Ah, quanti se n'era già portati a letto! Li rimorchiava per strada. Anche per questo, perché pensava solo a darla via, non arrivò mai a prendere la maturità, neppure al liceo linguistico privato... E la Gloria muta, che le lasciava fare tutto, sotto al suo tetto, con quei finti *amigos*. Ma che *amigos*? La Vanna *amigos* non era capace di averne... Il matrimonio con il cugino, però, quello la Gloria proprio non lo digerì. Si ammalò di dispiacere. L'abbandono di Marzio in confronto era stato una barzelletta.

Le venne una malattia stranissima, misteriosissima, cui i medici diedero i nomi più diversi. La Vanna all'inizio non voleva crederci; sosteneva che la madre fingesse per punirla, per avere le sue attenzioni. Forse. Ma malata lo divenne per davvero. Tanto per cominciare le sparì quel poco *de voz* che le restava. Gli acuti ormai li mimava. Harrod's la licenziò. Poi intervenne la paralisi: si bloccò dalla testa ai piedi; e le carni – effetto davvero *raro* – acquistarono la consistenza dello stracchino. Eppure non suscitava pena, perché rimaneva *mala*... *Mala mala mala*... Figurarsi che fino all'ultimo, cioè finché fu in grado di scendere in giardino, con le stampelle o in carrozzina, non rinunciò a tormentare il povero Titus...

"Titus?!" Salto dalla sedia. "Un altro cagnolino con lo stesso nome..."

"Oh, no! Esattamente *el mismo perro*, il nostro Titus..."

Ma com'era possibile? Titus era moribondo quando io stavo finendo il servizio militare, non gli restava più che qualche settimana da vivere...

Invece no. Avevo previsto male. Una prodigiosa, omerica volontà di vita gli aveva permesso di reggere a tutti i supplizi che la Gloria gli infliggeva: il vento, la pioggia, l'afa, le botte, la sete, i digiuni, le abboffate, perfino il veleno. Più la Gloria lo voleva morto, più lui durava. La sua ostinata sopravvivenza – *veinticuatro años!* – fu la sua *venganza*.

Morì solo nel momento in cui comprese che la sua nemica se n'era andata per sempre. Lanciò un ultimo latrato e crollò a terra, un mucchietto di ossicini deformi e accartocciati, che furono seppelliti in un angolo del giardino, là, a Knightsbridge... Che ironia... Titus quanto più *feliz* sarebbe stato se fosse entrato nella casa di persone qualunque, no?... Un cagnetto proprio sfortunato... Ma forse c'era da qualche parte nell'universo un *dios perro*; e giustizia sarebbe stata fatta...

"*Que crees?* Esiste un *dios perro*?"

Le chiesi di Marcello e della Vanna. I loro nomi non comparivano neanche su Google.

La buona Ines storse la bocca e scrollò le spalle. Non ne sapeva più *nada*. Di sicuro non avevano concluso granché... Sì, a un certo punto, parecchi anni prima, lui aveva messo in piedi uno spettacolo, in un teatrino della Toscana, la storia d'amore della Gloria e Marzio, la Vanna nella parte della madre e lui, Marcello, nella parte dello zio, e la Vanna era rimasta *desnuda* in scena tutto il *tiempo, sola, haciendo cosas vergonzosas... El dinero* per vivere, a ogni modo, non mancava a nessuno dei due...

Ma perché mi preoccupavo ancora tanto di quei *chantas*?

*

Due sere dopo ci ritrovammo al Colón. Davano *Bohème*.

New York, autunno 2011 – Oxford, primavera 2012

Elenco dei brani operistici cantati o citati dai personaggi del romanzo

Adriana Lecouvreur di Francesco Cilea: "La dolcissima effigie" (Marzio canta questa romanza di Maurizio nel recital di Stresa); "Io son l'umile ancella" (uno dei cimenti della Glò nel concertino domestico).

Aida di Giuseppe Verdi: "O cieli azzurri" (il brano che Marcello e Sergio canticchiano, con diverso intento e sentimento, andando verso Stresa); "Ritorna vincitor" (parole con cui Marcello tenta di ristabilire il contatto con l'indignato Sergio); "Pur ti riveggo, mia dolce Aida" (con parole attinte da questo brano, "Vivrem beati d'eterno amore...", Marcello si arrende una volta per tutte al fascino di Titus, assumendo in cuor suo la missione di salvarlo e al tempo stesso venendo a patti con una sua antica ossessione); "Numi pietà" (Marcello si diverte a confrontare sadicamente l'interpretazione di Maria Chiara con quella di Maria Callas).

Andrea Chénier di Umberto Giordano: "La mamma morta" (Marcello e il libraio di Alassio la citano il primo per provare la superiorità della Maria, il secondo quella della Renata).

L'assedio di Corinto di Gioachino Rossini: "Sì, ferite" (uno dei culmini cui sa spingersi la "troia russa"); "Dal soggiorno degli estinti" (idem).

Un ballo in maschera di Giuseppe Verdi: "Saper vorreste" (anche questo incluso nel programma del concertino domestico; momento giocoso della disperazione).

La Bohème di Giacomo Puccini: "Mi chiamano Mimì" (Marcello e Sergio la cantano a squarciagola nel cortile della caserma, mentre i commilitoni marciano sotto gli occhi dei cani); "Sono andati" (brano in cui a gara si misurano la Glò e Titus).

L'elisir d'amore di Gaetano Donizetti: "Una furtiva lagrima" ovvero la romanza di Nemorino (Marcello la intona in pizzeria per scherzare sulla commozione di Sergio; Marzio la esegue nella serata di Stresa).

La favorita di Gaetano Donizetti: "Spirto gentil" (altra perla del recital di Stresa).

La forza del destino di Giuseppe Verdi: "Su via, t'affretta" (battuta con cui Marcello esorta Sergio a rientrare in caserma entro il limite orario).

Gianni Schicchi di Giacomo Puccini: "O mio babbino caro" (altro cavallo di battaglia della "troia russa"; non poteva mancare nel concertino domestico della Glò).

Linda di Chamounix di Gaetano Donizetti: "O luce di quest'anima" (il pezzo di bravura con cui la Glò dà inizio all'ambiziosissimo concertino domestico).

I lombardi alla prima crociata di Giuseppe Verdi: "Se vano è il pregare" (Marcello, sentita l'interpretazione della Dimitrova alla Scala, conclude che nessuna ha ancora saputo interpretarlo meglio della Maria; peccato che non prenda in considerazione o gli sfugga quello che Leontyne Price ha saputo fare di questo brano con i suoi titanici mezzi).

Lucia di Lammermoor di Gaetano Donizetti: "Verranno a te sull'aure" (la Glò lo canta a Marcello in un raro momento di ispirazione, pensando al suo Marzio).

Madama Butterfly di Giacomo Puccini: "Un bel dì vedremo" (parole – tratte da una delle pagine più belle di tutta la storia dell'opera – con cui la disperata Glò esprime la speranza di riavere il marito).

Nabucco di Giuseppe Verdi: "Va', pensiero" (Marcello lo canticchia a Sergio con snobistica ironia, ma non senza una punta di nostalgia nel chiuso della camerata mentre, nel solito cortile, i commilitoni prestano giuramento alla patria).

Norma di Vincenzo Bellini: "Casta diva" (Marcello la cita al libraio di Alassio come esempio dell'arte suprema della Maria).

Le postillon de Lonjumeau di Adolphe Adam: "Mes amis écoutez l'histoire" (un altro dei vertici di Marzio nella serata di Stresa).

I puritani di Vincenzo Bellini: "Vien, diletto, è in ciel la luna" (incluso nel programma del concertino domestico; parte di una delle celebri scene di pazzia dell'intera tradizione operistica, nel caso della Glò è una vera e propria prova di pazzia).

Rigoletto di Giuseppe Verdi: "Caro nome" (uno dei momenti sublimi di Verdi, capolavoro di grazia, passione e consapevolezza, e cavallo di battaglia della "troia russa"; la Glò ci si esercita caparbia, ma con risultati deludenti).

Il ritorno di Ulisse in patria di Claudio Monteverdi: "Eccolo che se 'n viene" (con queste parole, ripescate da un repertorio secondario, Marcello accoglie Sergio alla villa dopo la prima crisi).

Roméo et Juliette di Charles Gounod: "Ah, je veux vivre" (la "troia russa" lo esegue con esemplare scioltezza; la Glò no).

La sonnambula di Vincenzo Bellini: "Ah, perché non posso odiarti?" (citato dalla Glò a Sergio in uno stato di quasi-trance, mentre rivive gli inizi della carriera di Marzio e del loro amore).

Il trovatore di Giuseppe Verdi: "Di quella pira" (Marzio, a detta di Marcello, ne ha fatto un capolavoro di eroismo nell'esecuzione di Stresa).

Vale, igitur, mi Canis, atque esto (quantum in me sit),
prout tua expetit virtus, immortalis.

Leon Battista Alberti

Nota e ringraziamenti

Titus, il protagonista di questa storia, è la reinvenzione romanzesca di un cane realmente esistito, che si chiamava Kenzo. Cane martire. In lui sono confluiti tratti di altri due cani: un certo Titus, appunto, cane fortunato, scomparso da quasi trent'anni, ma vivissimo nella memoria di chi lo ebbe per compagno di infanzia e adolescenza; e un certo Victor, che è ancora un giovinetto e non meno fortunato di quell'altro. Tutti e tre, per un caso, parigini.

Ringrazio di cuore, prima di tutto, Guido Buganza per la benefica, competente influenza che ha esercitato su una prima revisione del manoscritto. Grazie anche per i loro pareri e suggerimenti, volontari e no, a Nicolas Moureaux, Silvio Righini, Massimo Kaufmann, Enrica Zaira Merlo, Silvia Fava, Maria Pavlova, Matteo Mussini, Stefano Albertini, Simonetta Fraboni e Micha Lazarus. Un grazie speciale a Marco Gandini e a Fabio Ceresa per la loro *Bohème*, nonché per le osservazioni puntigliose e i suggerimenti d'ordine estetico e storico che mi hanno generosamente offerto, al Met di New York, che mi ha concesso il privilegio di assistere a una serie di bellissime audizioni nell'autunno del 2011 e all'Italian Academy della Columbia University per l'ospitalità. Molto grato sono anche agli studi di numerosi esperti di canto lirico, italiani e no. Valga per tutti il nome di Rodolfo Celletti, squisito tecnico e gustoso prosatore. Grazie anche a Fabio Di Pietro, che, quando già la stesura del romanzo era compiuta, mi ha rimandato alla lettura di *Bâtard*, il racconto di Jack London: con piacevole sorpresa ho scoperto l'esistenza di alcune impressionanti somiglianze tra le due opere. A scrittura ultimata ho letto un altro importante pezzo di letteratura canina: *Sur la mort d'un petit chien* di Maurice Maeterlinck, che invito i miei lettori a procurarsi al più presto. Questa commovente lettura tardiva ha, per così dire, aggiunto un'ulteriore risonanza al mio libro; si è sommata al lungo elenco delle influenze che hanno permesso a *Fauci* di essere il libro che è (le influenze in letteratura non determinandosi solo sul da farsi, ma anche sul già fatto, se un libro è composto, oltre che di parole, delle modificazioni inarrestabili che continua a creare nell'anima dello scrittore). *Last but not least*, grazie ad Alberto Rollo, entusiasmante, sensibilissimo *iudex*; a Chiara Cardelli per la confortante cura editoriale.